春潮NOV+

回
　　到
分
　　歧
　　　的
路
口

仓本聪的
工作与生活哲学

先跳了再说

[日]仓本聪 著

张苓 谢鹰 译

中信出版集团 | 北京

图书在版编目（CIP）数据

先跳了再说：仓本聪的工作与生活哲学 /（日）仓本聪著；张苓，谢鹰译 . -- 北京：中信出版社，2024.4

ISBN 978-7-5217-6254-9

Ⅰ . ①先… Ⅱ . ①仓… ②张… ③谢… Ⅲ . ①散文集－日本－现代 Ⅳ . ① I313.65

中国国家版本馆 CIP 数据核字 (2023) 第 248101 号

MIRU MAE NI TONDA WATASHI NO RIREKISHO written by So Kuramoto.
Copyright ©2016 by So Kuramoto. All rights reserved.
Originally published in Japan by Nikkei Publishing Inc. (renamed Nikkei Business Publications, Inc. from April 1, 2020)
Simplified Chinese translation rights arranged with Nikkei Business Publications, Inc. through BARDON CHINESE CREATIVE AGENCY LIMITED

先跳了再说：仓本聪的工作与生活哲学
著者： [日] 仓本聪
译者： 张苓　谢鹰
出版发行：中信出版集团股份有限公司
　　　　　（北京市朝阳区东三环北路 27 号嘉铭中心　邮编　100020）
承印者： 嘉业印刷（天津）有限公司

开本：787mm×1092mm　1/32　　印张：8.5　　字数：150 千字
版次：2024 年 4 月第 1 版　　印次：2024 年 4 月第 1 次印刷
京权图字：01-2024-0331　　书号：ISBN 978-7-5217-6254-9
定价：56.00 元

第一部
我的履历书

第二部
仓本聪其人其事

第一部

我的履历书

张苓——译

跳了之后再思考。

这种可以说是冒失或莽撞的行为，
在我身上时不时会出现。

思考，时间就浪费了。
所以说应该在思考过程中就跳。

先跳了再说，之后再慢慢思考。
我就是这么度过了人生。

我的行动美学

　　复读两年后将将进入东京大学文学部的我，几乎不去上课，一天到晚沉迷于戏剧和剧本创作，在难得出勤的课堂上偶然听到了难忘的话。

　　"美，是不能有利害关系的。"这是亚里士多德的话。大三的时候，在竹内敏雄老师的亚里士多德美学课上学到了这句话。点名时，竹内老师叫到了我的名字"山谷君"，我答了一声"到"，老师说了句："呀，这人存在的呀。"

　　不知是为了欢迎稀客，还是试试真假，老师

立即就让我朗读课文，德文的。我拜托坐在身旁的好友中岛贞夫帮我做提示，"eine……嗯？"，"kleine"，"kleine……"，这么念了几句后，"太费时间了。中岛君，你直接念吧"。

中岛非常优秀，后来成了东映❶的电影导演。大学四年结束，我能够奇迹般地毕业都是托了他的福。对于我这样的劣等生，这句话深深地打动了我，成了我的座右铭。

美，是不能有利害关系的。

我在日本广播协会制作广播节目，并作为编剧独立创作，写电视、电影剧本，创作舞台剧。与其说我想追求美，不如说我是想让观看的人、聆听的人有所感动，想温暖、洗涤他们的心灵，我就这样拼命创作着。

我没有把这句话强归为"美"的解释，而是直接视作自己的行动原理。我想拥有一种与利害关系无关的生活方式。这种想法是我骨子里就有

❶ 东映：东映株式会社，日本五大电影公司之一。——编者注

的。说得高级一点，这就是一种"行动美学"。

我自认为是自由主义者，不过有人说我偏右，也有人认为我偏左。现在我八十一岁了。战争结束那年我十岁，大概算是战中派❶。我经历了学童疏散、因缘疏散❷，还有一九四四年春天至一九四五年三月末东京遭受空袭的每一天。死亡近在身边，非常可怕。从早到晚总是饿着肚子。战争，我再也不想经历第二次。

爱国的心，我多人一倍，而强调爱国，往往会被人批判为右翼。同时，我反对战后国家签订的安保条约，因为那条约散发着一种战争的气息，于是我又被贴上左翼的标签。

我坚决反对重新启动核电站。"3·11日本地震"引发的核电站事故，事后的赔偿与地方振兴等问题都得不到充分解决，放射性核废弃物如

---

❶ 战中派：战争中长大的人，特指大正末期至昭和初期出生、于"二战"中度过青少年时代的人。——译者注

❷ 学童疏散、因缘疏散：第二次世界大战末期，日本政府采取措施，将容易成为攻击目标的城市中的学童、老人、女性疏散，转移至农村避难。学童疏散是由学校组织的集体疏散小学生的紧急措施。因缘疏散则是指个人或家庭去地方上的亲戚或朋友处避难。——译者注

何处理，至今也没能妥善解决，在这种情况下重新启动核电站，实在太不应该了。虽然还有许多人仍在坚持与这些问题做斗争，但核电站事故已经慢慢从人们的记忆中淡去。现在说起这些显而易见的事情，却会被视作反体制。

"从零海拔的高度开始思考。"这也是我的座右铭。从富士山五合目❶开始爬山，就算登顶了，也不是真正的登山。从一合目开始，也不行。我认为要从零海拔的骏河湾开始，向着山顶而去，那才算是真正攀登富士山。

我还没有从零海拔的高度开始登山的经历。但是，我告诫自己，思考事物的时候，只以"从五合目开始"为常识，那是不行的。事物有一种所谓"起源"的根本。省略了这个根本，以"从五合目开始"为常识，在我看来是很可怕的事情。爱国心、反核电站，这些事情从起源开始思考的话，想必会得出不言而喻的结论吧。

---

❶ 富士山五合目：富士山由山脚到山顶分为十合，由山脚下出发到半山腰称五合目。——编者注

　　不知不觉写了很多讲大道理的内容。只要阅读这本书，你就能明白，人生不是遵循道理就可以一帆风顺的，它充满了挣扎、碰撞、失败。"先跳了再说，之后再慢慢思考"，我一直过着这样莽撞的人生，不是也很有趣吗？

一月一日出生

　　我的户籍上写的出生日期是一九三五年一月一日，但其实我是在前一天，一九三四年十二月三十一日发出了自己的第一声。那时还在使用虚岁的概念，出生时即是一岁，过了新年就是两岁。这样年末最后一天出生的人，第二天就算两岁了。父母亲可能是觉得我这样很可怜，就给我晚登记了一天。

　　我本名叫山谷馨。爸爸山谷太郎经营一家名叫"日新书院"的出版社，专门出版自然科学类图书。妈妈山谷绫子出生于京都。他们俩都是虔诚的基督徒，为人和善。五个孩子里我排行居中，上面有哥哥姐姐，下面有弟弟妹妹。兄弟姐妹彼此各差四岁。

　　哥哥山谷涉比我大八岁，是个理科人才。还有姐姐绚子、妹妹聪子、弟弟晓。我们家庭美满，兄弟姐妹之间关系很融洽。夹在正中间的我算是个木讷呆笨的孩子。

我出生在东京的国铁（JR）代代木车站前，也就是现在代代木补习班所在的一栋豪宅里。我还隐约记得，原宿到千驮谷一带有着广阔的练兵场，我曾经在那里放过风筝。只不过四岁的时候，我们家搬到了杉并区的善福寺附近，再细节的记忆就没有了。善福寺的家也很大。

祖父德治郎，是冈山县的庄屋❶一族，在德国取得病理学博士学位，创办了出版社"日新医学社"，出版了医学资讯杂志《医界时报》，还当上了众议院议员。

他是庆应（一八六五至一八六八）年间出生、性格顽固的人。听说日俄战争后，他曾与时任陆军军医总监的森鸥外展开过一场医学辩论，议员时期还和人称"宪政之神"的尾崎行雄（号咢堂）有过论争。六十岁之后，他得了脑梗

---

❶ 庄屋：日本江户时代村落的三地方官之一，多数比武士阶层在经济上更富裕，拥有广阔农地，因为从事文书等工作，属于村落的知识分子。——译者注

死，将自己的病症仔细记录下来，进行分析，写成论文，在日本也取得了博士学位。第二次世界大战前，他设立了山谷奖，以表彰优秀的医学研究者。

我能住进豪宅里，多亏了这位杰出的祖父。我五岁的时候，祖父在善福寺过世，时年七十五岁。我应该和祖父有过交谈，但不记得了。脑海中只留下随着脑梗死症状越来越严重，他走路摇摇晃晃的身姿。另外的记忆就是葬礼的时候，来吊唁的客人车队绵延不绝的场面。

移居善福寺，是因为爸爸的好友、创建了"日本野鸟协会"的中西悟堂先生也住在那边。我还记得不能喝酒的两人喋喋不休聊天的情形。经常是中西先生在我们家说了很久，然后爸爸送他回家，又在他家继续聊，然后中西先生再送爸爸回来。

善福寺一带保留着浓郁的武藏野风光，有着大片的杂树丛和农田，以稻草葺成屋顶的农家零星分散其间，附近善福寺池的池水清澈见底。夜鹭成群结队，能不时听到野鸟的鸣叫声。

　　我经常穿过野地和树丛，到善福寺池玩。到
了傍晚，把鱼饵放进用瓶子改做的筒里，沉入池
塘，然后回家。会有鲫鱼、虾虎鱼、鲇鱼上钩。
池塘里还有大大的黑鱼。拍洋画、玩玻璃弹珠，
我们在土地上插个钉子，就开始玩占阵游戏❶，
玩得很开心。洋画大多数是照片，上面印的几乎
都是相扑选手。双叶山定次是英雄。

　　妈妈性格温厚，不过是一个望子成龙的妈
妈，经常抓住散漫呆笨的我，训斥"稍微动动脑
筋"。爸爸却鼓励我"多去山里玩，这样打架不
会输"，他不会对我说什么学校里学习的事。就
这样，我度过了悠闲幸福的童年时光。

---

❶　占阵游戏：分成两组互相争夺对方阵地的游戏。——编者注

和家人一起（最右为仓本聪）

巨大的遗产

　　父亲山谷太郎在东京帝国大学（现东京大学）学习应用化学，后来继承了祖父的日新医学社，经营日新书院。同时他还是一位俳句诗人，俳号山谷春潮。他是水原秋樱子主持的俳句同人杂志❶《马醉木》的作者之一，主要写作咏颂野鸟的俳句。

　　第二次世界大战前，父亲出版了著作《野鸟岁时记》，战后还加印了。这本卷首放了张美丽的野鸟图、饱含着父亲对野鸟深深热爱的小书至今仍珍存在家。爸爸虽然是俳句诗人、基督徒，但打架很厉害，好像是柔道四段还是五段。他正义感强，对逼上门的挑战，他一般是会迎战的。

----

❶　同人杂志：志同道合的人共同创办的刊物。——编者注

爸爸是中西悟堂先生创建的日本野鸟协会的成员，到了节假日他就漫步山野中，经常会带上只有四五岁的我。富士山、丹泽、秩父、南阿尔卑斯❶……在山中漫步，观察野鸟，欣赏鸟鸣。这样的运动，对于小孩来说，是怎么都能跟上大人脚步的吧。爸爸也不会允许我爬上他的背。

我们经常就钻进了不知哪里的山中。现在还有一张我们在秩父山山顶上的照片，穿着长外套的幼小的我站在一群看起来像老头的男人中间，显得更弱小了。照片的背后写着中西先生，还有植物学泰斗牧野富太郎先生、民俗学者柳田国男先生等等响当当的名字。

山中漫步的事情已经记不清了。不过现在我对大自然的深深憧憬和热爱，多亏了小时候的这些体验。用力呼吸山间新鲜的空气，侧耳倾听从郁郁葱葱的树林间传来的野鸟鸣叫，那是一种奢侈又幸福的体验。

---

❶ 南阿尔卑斯：日本本州中部的山脉。——编者注

那时候，野鸟协会经常举行"鸟鸣模仿"活动。不是出声模仿鸟叫，而是用日文音近字形容。例如，画眉鸟的声音是"一笔启上仕候"，杜鹃是"特许许可局"，紫寿带鸟是"月日星布衣布衣布衣"。

我被各种鸟鸣深深吸引，只要是关东地区近郊的野鸟，听鸟鸣声就能分辨出种类。令人惊讶的是，中西先生在他的随笔中提到了我，夸我是"神童"。

一九五九年春，大学毕业后刚工作的我，拜访了好久未见的中西先生。我打招呼时，自称是"神童没落的结果"，中西先生笑着说，过了二十岁就只是普通人啦。

爸爸几乎不对我说什么学习相关的事情，他给我的教育就是朗读。我五岁左右能读简单的汉字后，他就开始要求我大声朗读宫泽贤治的童话。《风又三郎》《银河铁道之夜》《贝之火》等等，我每周要大声朗读一册。

爸爸要求我，仔细想想文章中的逗号与句号，大声朗读，内容不明白也没关系。贤治的童话有种诗歌一般美丽的韵律。持续朗读，文章的呼吸和节奏就会深深渗入我那幼小的大脑和心灵。

爸爸还经常要求我写俳句。现在我还时不时能回忆起其中一句："青麦茂盛，麦波起起伏伏，中间农人隐约可见。"我绞尽了脑汁好不容易写出这么一句展示给爸爸，爸爸看后夸赞"这句真不错"，但是马上又露出了失望的表情。原来他把"中间"看成了"其间"。爸爸说："中间啊，这还真是孩子会写的句子。"

等我意识到爸爸留给我的这笔"遗产"时，我已经年过四十了。

登山探寻野鸟（右三为作者，前排最左为中西悟堂先生）

字母饼干

用从 A 到 Z 二十六个英文字母的形状制作的字母饼干，现在想想不是什么奢侈的食物，只是一种稍稍有点甜、近似面包干的小点心。

我第一次吃字母饼干还是五岁左右。我有天去附近的朋友家，被招待吃的点心中有字母饼干，太好吃了，我激动得心怦怦跳。那时候随着战争的脚步声日益高亢，食物渐渐变得贫乏起来了。

幼小的我并不清楚自家厨房的事情。不过虽然住在大房子里，山谷家的生活还是过得很节俭。

第一次吃到字母饼干后的几天，我和妈妈一起搭乘公共汽车上街购物，途中路过点心铺。妈妈与店员聊天的时候，我一眼就看到了玻璃柜里面的字母饼干。谁都没看到，我飞快地把手伸进柜子掏出两块饼干塞进了裤兜里。简单地说，这是偷窃；复杂地说，这还是偷窃。

那两块是 A 和 O。回家的公共汽车上，我的心跳得很快，咚咚咚地无法平复下来。我的右手伸进裤兜紧紧握住 A 和 O，罪恶感和紧张导致身体僵硬无比。妈妈的直觉很厉害。"你藏了什么东西？"她表情严肃地问我，猛地一下把我的右手从裤兜拽出来，强行掰开。妈妈的脸瞬间变得苍白，她把我的右手再一次塞回裤兜。

回到家，爸妈两人躲进房间商量着什么。过了一会儿，爸爸过来，语气悠闲地说："我们出去下。"没有任何说教，我们坐上了公共汽车。

"或许爸爸没有听说偷窃的事情？"我心中的淡淡侥幸没有得到答案。爸爸直接朝着点心铺走去。进了店铺，爸爸说："我要买字母饼干。""要多少？""全部，库存都要。""全部库存都要？""是的。"用一种名叫"蒲篓"的油纸做的大袋子，被装了满满两袋库存饼干。

爸爸连柜中展示的字母饼干也买了下来。"我们回家吧。"说着他把两大袋饼干扛在肩上走了出去，回到家，他将饼干放进储物间。到最后，他都没有对我进行说教。

那天之后又过了一阵子，一九四一年四月，我进入池袋的丰岛师范学校附属国民学校（现东京学艺大学附属小金井小学）学习。哥哥、堂兄姐们都在这所学校，所以我也报考了。那年的十二月八日，日美开战了。

安静悠闲的善福寺生活也变了。首先松树林不见了。为了从树根提取油脂作为战斗机的燃料，那些松树被一株接一株地砍伐。街面上鲜艳的颜色消失了，社会舆论日渐浮躁汹涌，粮食短缺的问题更是日益严重。

就在这样的时局中，基督徒爸爸在堂兄弟山谷省吾担任牧师的信浓町教会的周报上发表言论："战争是罪恶的。"结果被特高警察❶带走了。据说周日的礼拜受到特高警察的监视。

妈妈也是教徒，所以我们在家时会一起唱赞

---

❶ 特高警察：全称"特别高等警察"，存在于明治末期到"二战"结束前，职责是"维持治安"，控制舆论。——编者注

美歌。而就在那时，早被遗忘了的字母饼干突然作为点心出现在了餐桌上。要知道，连打棒球时高喊的"好球"，当时都由英语"strike"被改为日语"よし"（yoshi），因此这些字母饼干被视为"敌人的点心"，而我的父母却好像对此毫不在意。

　　或许是被长期存放在储物间的缘故，饼干潮湿有霉味。毕竟数量太多，每次只端一点上桌，这样的点心持续了一年。给人一种缓刑一年多，最后还是施刑了一年的感觉。

　　我每次吃饼干，都会有些自责，又略感怀念，总之是一种奇妙的感觉。藏在书桌抽屉里的那两块 A 和 O，一直没有扔掉。

兄弟们一起玩单杠（最左为仓本聪）

学童疏散

小学四年级的时候，有陆军的军官来到学校，把我们全体四年级学生召集到操场上，然后高声喊："志愿加入特攻队的，向前一步，走！"

一直模模糊糊意识到的死亡就这样突然地出现在了眼前，恐惧使我无法动弹。有数人向前走了出去，这仿佛打破了大家的紧张，学生们陆陆续续踏出了脚。我转头看身旁的好友。他颤抖着脚，向前迈了一步。我也迈了出去。

没有动的学生只有两人。"胆小鬼。"有人小声冲那两人骂道。"其实真正胆小的是我啊。"我心里想着。我根本就没有一丝参加特攻队的勇气，我只是害怕被周围人骂才向前迈了出去的。

美军对日本本土的空袭开始了，向山形县的上山市进行学童疏散是在一九四四年的夏天。四年级至六年级学生搭乘夜行列车，出发时大家一半是怀着郊游的兴奋心情。第二日清晨，抵达上山的旅馆时，班里的孩子王却大声哭了起来。

远离父母双亲，还是会让人感到不安的。哭声传染了全班四十个学生。过了一会儿午饭来了，每人发了两个煮熟的红薯。大家都很现实，几乎都停止哭泣，吃了起来，只有孩子王没有吃，一直在哭。

集体生活开始了，但大家一直在饿肚子，饿得不行。主食是红薯，筋丝多又不甜，一点都不好吃。稗、粟也是主食。从中国东北送来的黄色高粱混杂萝卜煮的稀薄的杂烩粥也经常出现在餐桌上。青蛙、蛇、蚱蜢、蜜蜂等等，什么都吃过。也曾挑战过蝉，几乎没有可吃的部分。

对甜食的渴望是那么强烈，我们甚至舔起了颜料。据说原色危险，就舔中间色。听人说"铜绿色是有毒的"，那就不舔绿色。中间色变少后，慢慢地连黑色也舔了。绘画课上，老师让画战争场面，于是出现了绿色的山间行驶着红色坦克的画。

严禁从家寄送食物，但总是有聪明人收到寄

来的糖衣药片。因为不是食物，所以放行了。而且它是甜的。我也学着做，没想到寄来的都是消化剂，吃完反而更饿了，很伤脑筋。

光是上山一地就迁来了东京十数所学校的学生，我们成了其他学校坏孩子的目标。丰岛师范附属（现东京第二师范附属）是富人区的公子哥学校，学生手无缚鸡之力，只要是外出游玩，就会遭到平民区的学生绑架，被揍得落花流水。我们需要特别警惕的是第二龟户的那帮家伙。他们相当粗暴，被称作"二龟"，让人害怕。

就算我们报告给老师，也会被老师训斥："现在我们的士兵正在拼命和敌人战斗！那种事情，你们自己解决！"

打架很弱，不过馊主意一堆的同级同学建议："我们雇保镖吧。"当地的孩子们比我们这些疏散儿童营养要好很多。他们多数是农家出身，经常帮家里干体力活，身体非常强壮，打架看起来也很厉害。于是我们将珍藏的口琴、弹珠、洋画等当作礼品，委托孩子王庄司君前去交涉。对方很痛快地答应了，"好，没问题"。"二龟"的那些家伙也被强壮的保镖吓住了，再也不敢靠近。说起来，这不就是日后《日美安全保障条约》的预演吗？

我就在这样的情况下过完了疏散生活。"好想回家。"这种想法日复一日越来越强烈。深夜，钻入被褥，我就想起爸爸和妈妈，眼睛不禁湿润。

在疏散地做煤球

因缘疏散

　　不管哪个孩子都一样恋家。试图逃跑的学生接连不断出现，其他学校也是如此，上山车站（现上山温泉车站）的监管非常严格，逃跑马上就会被发现，然后是一顿臭骂。装病的情况也比比皆是。"肚子疼，一直不见好""高烧退不下来"等等，不管用什么理由，老师们都能看透学生的小心思，根本不当一回事。我也试过装病请假很多次，都被断然拒绝了。

　　营养失调，冻疮严重，双手肿得像戴了副手套，于是我被带去一个名叫"蛭屋"的地方。蛭，指的就是水蛭。把手伸入满是水蛭的水槽里，让它们吸血。这么一来，手上的浮肿就仿佛谎言般萎缩了。

　　深秋时节，我发低烧了，怎么也退不下来，去了附近的诊所看医生也找不到原因。装病装着装着结果真的生病了。

不过低烧这类病，是不允许返回东京的。寄给学生的邮件会被检查，战局的情报不能传递过来，可是越来越糟的战况还是泄露了。东京的空袭越发激烈，单是这种形势就不能轻易让学生返回。

能回去，是因为因缘疏散地已经确定，是父亲本家所在的冈山。等啊等，直到那年年末才返回东京。同学们的表情看上去很懊恼，但个个步伐轻盈地登上了列车。

东京遍地是战场。三鹰有中岛飞机厂，B-29轰炸机扔下的燃烧弹就落在了善福寺边上。空袭警报响起，大家纷纷跳入防空壕。走路还晃晃悠悠的弟弟颤抖着用力抓住妈妈。

转移去冈山是隔年的四月。一九四五年三月东京大轰炸，平民区方向的夜空被大火映染得赤红一片。

因缘疏散地冈山县金光町（现浅口市）距离父亲本家所在的胜山町（现真庭市）有段距离，小镇位于近海的山中。哥哥和姐姐因为勤劳动

员 ❶，留在了东京，父母、祖母、我和弟弟妹妹六个人生活在一起。

身处富饶的大自然中，心灵得以平静下来。我们租了一幢长期无人居住的废屋，四处布满蜘蛛网，小虫尸骸、老鼠屎遍地都是。全家一起大扫除，进行各种修补。十岁的我起不了什么大作用。不过做这种工作非常开心。

搬家那天，爸爸说"采购食物去"，带着我进了山。山里有各种春天的山野菜、野草等。"这个有毒。""这个可好吃了。"爸爸眉飞色舞地介绍着。第二天一早，妈妈做了山野菜和蘑菇大酱汤，非常好喝。

山野河川成为我的教室，可靠的"指导教官"也出现了。住在附近的猎户哥哥——柿本小哥哥大概还只有十八岁吧，会用猎枪射杀貉、兔子等等。他男子气十足，非常强壮，真是又帅又温柔。

---

❶ 勤劳动员：日本在第二次世界大战期间的紧急非常措施，为了加强军需产业、粮食增产等，强制国民进行劳作。特别以中学以上的学生为主要动员对象。——译者注

关于山里各种动物的生态、山中生存的技能、大自然的恩惠与残酷等等，他不仅讲解理论知识，还传授实践技巧。他教我赤脚站在河中，从岩块、石头下捉鱼的诀窍。我成了柿本小哥哥的弟子。他就是多年后我编剧的《北国之恋》中草太哥哥的原型。

我被编入了金光国民学校的分校吉备校舍五年级。没有了集体疏散时的那种精神压力，分校的学生们非常朴实、开朗和活泼。妈妈的训导有了成效，我的成绩相当不错，也没有遇到当地学生对疏散儿童进行恶作剧的事情。班长金光平辉君(后来成了金光教❶教主)成绩一直与我不相上下，我与他至今仍有往来。

我就这样悠闲地在金光生活着，有一天突然得知一件令人震惊的事。

---

❶ 金光教：由川手文治郎（1844 年后更名为赤泽文治）于 1859 年创设的神道信仰团体。——译者注

麻布中学

那是有一次发烧，被爸爸带去冈山市医院时发生的事情。听到爸爸与写病历的医生之间的对话时，我不禁大吃了一惊。

"上面两个孩子与下面三个，妈妈不是同一人。"

我这才知道，哥哥姐姐与我、妹妹和弟弟，我们的妈妈不一样。真是令人震惊。回到家，隔壁房间传来清晰的对话："呀，馨不知道吗？""可能他没意识到吧。"不过，发呆的我心想："大人，还真是出乎意料地想得开。"心中感受到的打击慢慢和缓下来。前一位妻子病逝后，爸爸和我的妈妈结婚了。

一九四五年八月十五日，我们在分校的校园里收听了天皇陛下宣读终战诏书的广播。他说的话我们清楚地听到了，意思却不明白，学生们就这样直立不动地默默听着。

站在队列前的老师们哇的一声哭了起来，我这才知道"战败了"。

回家后，父母也都知道了战败的事情。广播中并没有出现"战败""投降"等字眼，大人的国语水平真厉害啊，十岁的我十分佩服。

距离那时已经七十年了，我不禁感慨万分。

有谣言说驻日美军阉割男性，对女性施暴。不过，那只是谣传。

让我切身感受到战败的是，大概一周以后，被征召到玉岛基地的海军飞行预科训练生——那群身穿航空服、脖颈上飘舞着白色围巾的年轻人集体回到地方上的场景。理应第二天被送去加入特攻队的他们自暴自弃，行为举止完全粗暴无序。他们聚集在国民学校的校园里，不管老师怎么提醒都不听，追逐着女教员，把她们吓得四处乱跑。最后是男老师拿着木刀追着他们打，场面非常恐怖。我听说是柿本小哥哥嘶吼着闯入积聚的人群，他们才安静下来。

第二年，一九四六年三月，我们离开了金

光，回到东京善福寺。烧毁了的房子被驻日美军征用了，我们一家在善福寺池畔租了房子住进去，主食依旧是红薯。善福寺池里繁殖着许多牛蛙，成了我们珍贵的蛋白质来源，美军经常划着小船射杀它们。他们经常给我们口香糖、巧克力等，让人意外地感觉很亲切，所以我们很快就喜欢上了他们。

四月开始去丰岛师范附属小学上学，我六年级了。池袋车站前有个很大的黑市，非常活跃，有种杀气腾腾的感觉，让人害怕。

有一天上学路上，我目睹了一群小混混的争斗。好像他们是在争地盘，一个年轻的退伍海军飞行预科训练生被十多个男子用棍棒殴打、用脚踹，倒在了我的眼前。鲜血从耳朵、嘴巴咕嘟咕嘟地往外冒，他躺在地上一动不动。是死了吧，想到这里我浑身就不禁像被冻住了般，无法动弹。老师跑过来，把我带去了学校。人的死亡，还有战争的实体，这是我用感官体验到的恐怖记忆。

妈妈督促我用心学习，准备中学考试。目标

是旧制第一中学（现日比谷高中），但因为学制变了，不能跨区考试，最后我参加了初高中一体的男校麻布中学的考试，考上了。

其实爸妈他们根本就不清楚麻布中学是怎样的学校。遍地瓦砾的废墟中，只剩下一个"コ"字形的钢筋混凝土校舍，爬上三层楼的屋顶，能一眼看到筑地方向胜哄桥的桥身。当时的胜哄桥，有大船经过时桥中央部分会朝左右打开。

爸爸买来新的制服制帽，我被爸爸领去了新宿东口，如今的伊势丹附近。去那里是为了帮我买生橡胶制的、被称作"朝鲜鞋"的运动鞋。店铺几乎没有开张的，另一边，战败撤退归国者、复员士兵露天铺设席子和报纸，卖着"朝鲜鞋"和花生。胡子拉碴、脸面肮脏的复员士兵看到我那顶崭新的麻布中学的帽子，说："呀，哥儿考上麻布中学了呀。"原来麻布中学这么有名啊，爸爸乐开了怀，问："您知道麻布中学？"胡子拉碴的士兵微微笑着说："我就是麻布中学毕业生。"爸爸一下子心情低落了起来。

我们接着去了西口的黑市，爸爸请我喝了营

养汁，作为考上中学的庆贺。

营养汁就是那种在大铁桶里咕嘟咕嘟用大火煮沸的、上面黏黏糊糊浮着一层油脂的红色液体，里面零星地有些料。总之是驻日美军基地流散出来的剩饭菜。把它倒进盖碗里，一碗十日元。用筷子搅一搅，运气好的话，能夹出一块直径约五厘米、厚度约一厘米的香肠，太棒了！开心地送入口时，突然发现上面还清晰留有驻日美军的大大牙齿印。呃，转念一想，既然已经煮沸了，而我们也战败了，没办法啊，就送进了口中，让人伤心的是，一点儿都不好吃。我深深体会到了战败国的悲伤。

麻布中学是戏剧演出盛行的学校。高年级学生中有堺正俊、小泽昭一、仲谷升。我也对戏剧有着浓厚兴趣。小学毕业公演时，我参演了坪内逍遥翻译的《哈姆雷特》，饰演反面角色克劳狄斯，登上了舞台。因为是逍遥老师的翻译，台词偏文言调，我第一次体会到了表演的快感。

不过那时我还有更喜欢的事情，就是写作。我擅长写作文，所以我加入了言论部，那是编辑

校内杂志《言论》的社团。我还加入了音乐部，
在那儿吹口琴。

　　东京还处于战后的混乱中。老师中也有从战
地撤退回来的，他们拖家带口住在理科教室、音
乐教室。在空袭中被烧毁了的芝中学也租借麻布
中学的地方上课。

父亲的死

初中二年级的时候，我将学童疏散的事情写成了小说，发表在校内杂志《言论》上，这更加深了我对写作的兴趣。我也会去戏剧部露脸打打杂，当个群众演员上台。

麻布中学里很少有书呆子，大家自由地成长。

高中时，我进行了大量的阅读。和辻哲郎的《古寺巡礼》让我深受触动，我战战兢兢地和妈妈提出申请："我们去趟京都和奈良好不好？"不出意料，挨了一顿骂："为了弄点儿吃的都千辛万苦了，哪儿还有那种钱出去？"

过了几天，爸爸问我："你想去京都？""不，考虑到咱们家的经济……"我的话还没说完，爸爸就发火说道："你一个小孩子别说什么钱的事情。"他给了我一笔钱，可以在京都住一周左右的金额。

爸爸不喜欢孩子们担心钱的事情。好像他本人也有种意识，觉得金钱是不洁之物。不知何时，我注意到家中壁龛里摆放的李朝的壶消失了。我住在京都站前的便宜旅馆中，探访各处的古寺。不过，旅途中想到自己"逼得爸爸卖了壶"，我就感到相当郁闷。

爸爸重新做起了出版业。渴望铅字的人们非常多，但科学类的书籍不好卖。家计确实困难，祖父手里握着的大把国债，随着战败也同废纸没两样了。

出版界中，田村泰次郎的《肉体之门》非常热门，据说只要书名中有"肉"字就能畅销，但爸爸也想让书的内容扎实，于是拜托朋友、大脑生理学者林髞执笔，写一部推理小说。林髞以木木高太郎的笔名创作了丰富多彩的作品，可是那一本不怎么畅销。

当时作者看完校样后的确认印章是必不可少的，于是我和妈妈在林髞的宅邸里一个劲地盖章。

爸爸不断忍受着心绞痛发作时的痛苦。有

效的药贵得惊人，因此病痛发作时就只能打强心剂。爸爸的妹妹嫁给了一位医师，姑父在清濑的结核医院上班，爸爸病症严重时会请他过来帮忙看看。

高中二年级，一九五二年一月，爸爸又一次严重发病了。幸亏闻讯赶来的姑父处置得当，爸爸的病情得以稳定，他声音嘶哑地说："唱赞美歌吧。"那是星期天，除了外出的哥哥，一家人一起合唱了好几首。

就在唱完《更近我主》的歌词"天堂"时，爸爸突然盯住了天花板上的一点，咧嘴一笑，嘟囔着"来了，来了，来了，来了"，表情变得痛苦起来。

剧烈的病痛发作了。姑父大叫："馨！快跨坐在他胸前用力按压心脏！"我用力按压爸爸的胸口，拼命地呼喊："爸爸，爸爸！"但他就这样咽气了。

爸爸嘟囔着"来了，来了……"，他是看到了什么吗？我想那应该不是"疼痛来了"的意思。不知道为什么，我好像感觉到了身穿平安时代装束、乘着牛车前来迎接的队伍，眼泪止不住地流淌。爸爸坦然面对着死亡，那是我印象深刻的结局。妈妈让我们散开，她仔细地为爸爸清洗身体。

去世前夜，爸爸咏过一句："冷飕寒波来，深夜鸭声啼。"那是爸爸的辞世之词。时年未满五十二岁。

麻布高中时

改变人生的话语

　　不得不为考大学做准备了，可我实在提不起精神来。校内杂志的编辑工作、听音乐和读书、戏剧部的打杂，还有看电影等等，到处都是有趣好玩的事情，哪儿顾得上考试学习？

　　只有这种时候才会严厉起来的妈妈说："考东大。"爸爸是东京帝国大学❶工学部的，哥哥也是在东京大学工学部专攻应用化学，就职于三菱化成公司。我猜测妈妈也许是想让我和哥哥（父亲前妻的孩子）竞争一下。然而，理科学习，我完全不行。

　　我也没有什么"东大信仰"，听话的我考了文科三类（文学部），华丽丽地落榜了，成为复

---

❶　东京帝国大学：东京大学的旧称，1947 年正式更名。——编者注

读生。爸爸去世后我们家的生计更加艰难，没有富余让我悠哉地复读。不过，我还是大量阅读了与考试无关的书，去便宜电影院看电影，打工看戏剧演出。

战后，欧美的电影在日本得以公开上映，一下子俘获了大量年轻人的心。我的高中时代、复读时期、大学时代，大量经典电影不断地上映，我也着迷了。

高中时代，一九五二年上映了《第三人》《郎心似铁》《天堂的孩子》《在巴黎的天空下》《肉体的恶魔》，一九五三年上映了《舞台春秋》《终站》。复读时期，一九五四年上映了《生活多美好》《战地军魂》……那时日本电影也处于黄金时代，好电影接连公映，无法一一列举。

首先让我着迷的是法国电影，去二番馆、三番馆、名画座 ❶ 等地反复地观看。电影导演中，我喜欢法国的朱利安·杜维威尔和美国的弗兰

---

❶ 名画座：主要放映旧作的电影院总称。放映过去一年以内作品的电影院被称为"二番馆""三番馆"，现在这类电影院也包括在名画座中。——译者注

克・卡普拉。

战后人们语言学习的热潮持续高涨，电影院中出售配有日文翻译的法文、英文剧本，我记得售价是二十日元。虽称作剧本，其实不是真正的剧本，是那种从电影字幕中复制过来的摘录，上面标注着"这里有音乐""特写"等等。我强迫自己买了下来。不是为了学习英语，想在考试时发挥作用，我的目的是学习剧本写作、编剧技巧等。

我对于戏剧的兴趣更加浓厚，开始涉足小剧场。我敬仰的剧作家是加藤道夫先生。从处女作《竹取物语》开始，他写出了高格调的戏剧作品，并将法国等地的海外戏剧介绍到日本。先生给予极高评价的是法国剧作家让・季洛杜。

有一天，我在旧书店里发现了加藤先生的著作《让・季洛杜的世界》，立即买下。书中有一段文字改变了我的人生。"在街上走着，突然遇到一个心情很好的人，他说不定是刚看完一部好戏回家。"那是季洛杜的话。

也许语句略有出入，但这句话至今印刻在

我的心底脑海。我心中强烈感受到：戏剧，真棒啊。我想要写个好剧本。

这么一来二去，我自然没能对考试学习投入热情，第二次挑战东大也落榜了。应届和复读第一年我都只报考了东大一所学校，第三次高考，我还报考了庆应大学的文科，应该能考上的，但还是落榜了。

我想办法参加了国际基督教大学的文学部补考，考上了。学校位于距离善福寺较近的三鹰市，我也很喜欢那个绿意盎然的校园。原打算就上这所学校了，这时奇迹出现了。我被东大文科三类录取了。

年轻时撼动作者心灵的著作：加藤道夫的《让·季洛杜的世界》

入学东大

　　进入大学后，我把学业抛在了一边，完全投入戏剧。我敲开了俳优座❶的工作室剧团"伙伴"文学部的大门。我心中燃起激情，要写戏剧脚本！不过首先我还是打杂的。排练场上的主宰是中村俊一，我对他导演的作品着了迷。光是置身于戏剧创作的现场，我就产生了兴奋感。

　　在那之前，我也参加了演出让·季洛杜等法国剧作家作品的"剧团四季"的面试。虽然我填报的志愿是文艺部，但也要进行演技考试，题目是pantomime❷。我不知道什么叫pantomime，只好问旁边的考生，这是什么意思？他告诉我是动作表演。"你现在在死后的世界中，欣赏着那

---

❶ 俳优座：日本著名剧团，是日本五大剧团之一。——译者注

❷ pantomime：法语，哑剧。——译者注

里盛开的美丽花朵。"就是这种题目描述。我汗流浃背地表演了一出哑剧，最后还是被刷下了。

我在仅仅比我年长两岁，却已经是剧团代表的浅利庆太面前展示了自己不堪入目的表演。我个性记仇，所以一直记恨着浅利。虽然这只是句玩笑话，不过成为编剧后，不知怎么我很难亲近他。当然，浅利应该不记得这件事了。

大学时也和一群喜欢戏剧的朋友一起，在一年级秋天的驹场祭❶上表演了《云之涯》。编剧是我，导演是同年级的中岛贞夫。演出后评价还不错。

我和中岛，以及大学毕业后进入东京广播公司成为电视人联盟代表的村木良彦，一起创办了希腊悲剧研究会，那时大家都还青涩，后来社团停止了活动。我在日比谷野外音乐堂观看了研究会的首次公演。我被出色的演出感动了。

驹场刊行的学生报纸曾经吸引了一些有志写作的年轻东大学生面对面交谈。包括我在内，三

---

❶ 驹场祭：东京大学十月在驹场校区举办的校园文化节。——编者注

个陌生的东大学生聚集在了一起。其中有一位让我感觉非常不好的家伙，就是后来的大江健三郎。还有一位感觉非常不错的，后来他也成了作家，就是柏原兵三。

大江在校期间发表了《饲育》，获得芥川奖。柏原读完研究生后在大学里教授德国文学，也写小说，凭《德山道助的归乡》获得芥川奖。

我几乎不去学校，一边打工一边去"伙伴"。但因为是学生，我不能参加旅行演出。空暇时间本该去上课，但我却用来胡乱写各种脚本习作。我的出道作品名叫《鹿火》，剧本被青森放送广播。那是大学二年级的事情。

舞台是一座沉入水库的村庄。一群被人们抛弃的马儿跑过已经无人的废弃村子。风吹过枯萎的芒草原的声音与疾驰的马蹄声交织在一起，这是一部三十分钟的剧作。我的笔名是伊吹仙之介，源自挪威剧作家易卜生❶。

---

❶ "伊吹仙"与"易卜生"的日语发音相似。——编者注

　　到了该考虑找工作的时候了。我想"去电视台工作"。那时正值电视黎明期，电视台的一切炫目又美丽，闪闪发光。我决心要成为编剧，但首先要修炼自己。我觉得自己应该能做一些有趣的工作。

　　大学四年级的冬天，新日本放送（现每日放送）委托我创作电视剧。我因此写了改编自牧逸马作品的《这个太阳》。二十集的家庭剧，只由加藤治子和大木民夫两人出演，加藤治子是已故的加藤道夫先生的夫人。我着了迷地写着。

　　那是我第一次使用"仓本聪"这个名字，爸爸冈山本家的家号"藏元"❶配上妹妹聪子的"聪"字。

---

　❶ 日语中，"藏元"与"仓本"发音一样。——译者注

东大入学时（最左为仓本聪）

进入日本放送

富士电视台是在我大学毕业那年，一九五九年三月成立的。这家成立不久的电视台非常有魅力。当时我在为日本桥古艺术品商的儿子做家庭教师，多番努力下终于把他送进了麻布中学。为了表达感谢，他父亲在得知我的求职意向后，传授了秘诀给我。

他调查了后来富士产经集团总裁（会议主席）鹿内信隆先生经常光顾的那家八重洲的料亭老板娘的信息，给我留言建议"去拜托老板娘试试"。抱着想要抓住救命稻草般的心情，我和妈妈拎着点心盒子去找了老板娘。

富士电视台的入职考试是和其他由富士出资的广播台、文化放送、日本放送电视台联合举行的。报名者很多，会场设在法政大学。虽然突破了难关，但不知是不是因为成绩并不很好，最后录取我的是日本放送。鹿内先生的后门有没有起作用，那就无法判断了。

还有一个难关，那就是大学的毕业考试。东大从驹场搬迁到本乡时，我定下了自己的专业。只是，基本没去上课的我能去的院系非常有限，只有印度哲学、考古学和美学。没有办法，我最后选择了文学部美学美术史专业，不过我一次都没有去听过课，连教授的脸都没有见过。能依靠的只有我那可敬的好友中岛贞夫。他活跃于希腊悲剧研究会等组织，最后因学业成绩优秀被东映录用。

我住进了他位于千叶县东金的老家，开始努力学习，连我自己都很惊讶地用心学习。考试时也坐在他的座位边。在他的多方帮助下，我终于顺利毕业了。

一九五九年四月一日，我入职了，时年二十四岁。我被分到制作局做助理导演，写点电视剧、短剧，还制作了《今后的中小企业》这类节目。同时负责六个项目。

社内的大黑板上挂着大家的名牌。挂在

"外派 CX(富士电视台)"一栏里的名牌很多。或许是人手不够吧，非常忙碌。

我在一位上司手下干活的时间很久，那是多年后担任富士电视台台长等职位的人，也是麻布中学毕业的前辈，非常有才能，人也豪爽。我在他手下得到了很大的锻炼。

我和那位上司一起制作了公开播放过的智力竞赛节目《19 万日元的提问》，节目中发生过这样一件事。挑战者三周连胜就可以得到十九万日元奖金，即二十万日元扣除了税金后的到手金额，有选手连胜两次后，赞助商说："奖金再累加下去，我们就退出。"被其他电视台抢走赞助商，很痛苦；赞助商退出节目，更是大打击。

偏偏就在这个时候，出现了一位了不起的挑战者。那是一位自卫队员，是那种人们常说的"竞赛强手"。他轻轻松松就连赢了两周，上司和我都不禁双手抱头，不知如何是好。只有增加提问的难度了。我们想出了一个奇葩问题——"请说出从旧金山到纽约的急行列车所有的停靠站"，心想，这下总没问题了吧。没想到……

　　他淡然地回答着。限时三分钟。快接近纽约时，他第一次出现了停顿。又说出了一个站名，然后又思考。两分三十秒过去了。再有一站，接下来就是纽约了。两分五十七秒，他叫嚷了句什么，上司用眼神命令我："敲钟!""铛——"实在是对不起他了，只是我们不得不这么做。提前三秒敲响了钟，加入了"咯吱咯吱"的音效补足时间。

　　我瞒着公司偷偷写电视剧本。哥哥刚参加工作，姐姐结婚后搬了出去，我们家的生计就落在了我的肩上。晚上十点完成工作回到家后，我就一直写剧本到凌晨四点左右。睡眠时间只有两三个小时，非常疲劳困顿，终于闯出了一个大祸。

日本放送时期的仓本聪（左）

疾风怒涛的时代

"山谷，明天要用的磁带不见了。"有一天傍晚，运营负责人对我说。我们四处找了一遍，真的没有。

那是平日早上六点四十五分播出的五分钟节目《天下晴空》的录音磁带。节目由渥美清先生和水谷良重（现名八重子）女士这对夫妻搭档主持，他们将家长里短的琐事轻松诙谐地表达出来，收获了超高人气。他们俩正值事业鼎盛期，只能趁日程的间隙进行录音。

那时候，开放式卷盘磁带很贵，每次播放后都会进行消音然后重复利用。那一次，好像是把还没有播出的那盘磁带给消音了。

只有赶快进行重录。据说渥美清先生可以深夜过来，但水谷女士正在欧洲旅行，万事休矣。"回家吧。这次肯定要被开除了。"晚上七点，我晃晃悠悠地离开公司，去了有乐町的咖啡馆"Mecca"。我连回家的勇气都没有，但我也想不出什么好办法。夜深了，烟灰缸里满满的烟蒂。就在这时候，灵光闪现。

从消音后的磁带中摘出水谷女士残存的话语，捡拾"好傻啊""那究竟怎么回事"等没什么意义的台词，然后配合着这些拼凑出的台词，拜托渥美先生重新录制。

从磁带中摘出简短话语的工作，非常费时间，但不管怎样我们创作出了相应的台词。在飞奔进工作室的渥美先生的巧妙配合下，我们终于赶在播出时间前完成了六盘磁带的录制。渥美先生夸赞我"你真伟大"，我也自卖自夸："我是天才！"

一九六〇年十一月，富士山发生了大规模的雪崩，有十一位早稻田大学和东京理科大学的学生遇难了。报道部人手不够，就动员经常登山的我加入。我住进杂乱拥挤的山间小屋，扛着录音器材对遗体收容情况进行实况播报。

当我精疲力竭地返回公司，却遭到报道部

部长怒气冲天的责骂："你怎么就弄了这么个东西出来！"我听了听录音，发现实况播报时自己的语气略带兴奋，说什么"自卫队这些家伙……"。拼命赶来救援的自卫队员让我感动不已，我压根儿就没有注意到自己在实况播报时称呼他们为"这些家伙"。

那是疾风怒涛的时代。一九六〇年，安保反对派连日游行在公司所在的日比谷交叉路口。游行队伍冲入国会的六月十五日，日本放送的转播车被队伍掀了个底朝天。同事从翻了的车中爬出来还在坚持播报。

"右翼分子冲击了新剧的游行队伍，好像有位女演员遇难了。"这个消息散播开来，我不由得一惊。那时我还继续参与着剧团"伙伴"的活动，正在与剧团中的女演员平木久子交往，我听说她也参加了游行。去世的是东大学生桦美智子，这个消息又是一次冲击。

我和平木结婚是在入职后的第三年，一九六一年四月六日。她从俳优座的养成所毕业后，与我几乎同期加入"伙伴"，结婚后也一直继续着舞台演出。

　　二〇一五年是 NHK 广播放送的九十周年。我们认为广播是终极的映像艺术，因为它要求听众将听到的情景和场面在想象中转化为画面，这就需要面对各种各样的挑战并做出努力。彻底地执着于声音，为了录制出效果音、自然声音，我们四处奔波。我也和寺山修司一起拍摄电视剧，应对过各种挑战。

　　日本放送锻炼了我。

和妻子相识于学生时代的剧团"伙伴",在日本放送时期结婚

日活 ❶ 与契约

不顾繁忙地工作着，回到家缩短睡眠时间拼命写电视剧本，只有年轻才能撑住。果然，疲劳没有得到缓解，人变瘦了，有时还会陷入忧郁。

在京都出生的妈妈，少女时期在里千家学过茶道，她开始招收学生，自己教学，茶会等活动要准备的器皿很多，山谷家的生计依旧由我承担。从事舞台演出的妻子收入微薄，我也不"输"她：起薪是一万二千三百六十日元。后来慢慢地涨薪了，不过还是大学时代当家庭教师的收入更高。

日本放送禁止兼职打工。然而我用"仓本聪"的名字帮电视台写剧本，公司里谁都不会注

---

❶ 日活：日活株式会社，为今日本五大电影公司之一。——编者注

意到。那是大方豁达的时代。虽是为了挣钱，写作还是非常快乐。电影的编剧们有种风气，看低电视剧，觉得那是"电子连环画"。写手不够，像我这样的新人都会收到邀约。

最初的项目是日本电视台的家庭连续剧《爸爸，起床啦》，星期日上午十点半开始播出的单集三十分钟剧目。从一九五九年一月一直播放到一九六二年四月，我作为编剧之一参与了这档节目。

一九六一年十月日本电视台开始播放《教授与次子》，这是有岛一郎先生和坂本九先生主演的电视剧，星期一晚上八点开始，一集三十分钟。这部剧是我和安倍彻郎先生一起写的，它收获了非常高的人气。

一九六三年四月同样在日本电视台播出的《现代之子》，其灵感来自当年的流行语"摩登孩子"，剧本也是由我主笔。星期一晚上七点开演，一集三十分钟，展现了一个在交通事故中失去丈夫的单亲妈妈，家庭中三个孩子坚强生活的故事。这部剧与普通的家庭剧略有不同，收视率超过 30%，由中山千夏主演。

有一天，部长找到了我，说："你总是启用资深编剧，也试着用用新人怎么样？""电视台里有个叫仓本聪的，让人印象深刻。你去见见。"他命令道。

这一天终于来了。我犹豫了，不过还是应了声"好的，明白了"。我在咖啡馆里打发了时间后，回到公司报告说："那也不是什么了不起的家伙。"被公司发现，也只是时间问题。

日活因《现代之子》的高人气而注意到了我，前来邀请，问我愿不愿意作为编剧与他们签约。居中牵线的是水之江泷子女士，"一切交给我吧"，她帮我揽下了所有。

战前，水之江女士在东京松竹乐剧部（后来的松竹歌剧团）扮演男角，是一位被称作"男装丽人"的明星，以"小泷"的爱称，在电视剧圈也有着超高人气。她在日活担任制片人，处理事情干脆利落，发掘了石原裕次郎，气势无人能及。

一九六三年春，我从日本放送离职。工作

了大约四年，离职金有三万五千日元。当时我二十八岁。我与日活签了 B 契约，属于规定了"一年执笔多少剧本"类的契约，而不是专属契约。身份是自由编剧。

我没有受过什么训练，只是因为喜欢写作，自己钻研，虽能写出几部剧本，但无法长期持续。我想要像日本料理的大厨、木匠大师傅那样，在短时期内进行"匠人修行"。我要振奋起来，让自己成为那种就算左一个邀约右一份订单，也能游刃有余的剧作家。

在日活，我首先负责了《现代之子》电影版的剧本创作，由中平康导演，于一九六三年七月首映。

编剧时期

不知何时畅销了

　　我在日活的出道作品《现代之子》的剧本是与斋藤耕一先生共同执笔的。第二年，一九六四年，由加贺麻理子主演的《星期一的由加》也是我与斋藤先生合作编剧的。那时候，东映方面也过来打招呼了。

　　在东映做独立导演的中岛贞夫说："我的第一部导演作品，剧本就拜托你啦。"我大学四年能顺利毕业都是托中岛的福，这是义不容辞的。

　　因此写了《女忍者忍法》，以女忍者为主角，原著是山田风太郎。这是一部相当情色的作品。女忍者诱惑敌方的男忍者，男忍者被她用妖术吸去了精气，变成了一具骸骨。她只是给对方看了下大腿，与后来盛极一时的色情电影比较起来，简直是小儿科。

　　在东映，剧本完成后，需要在负责人面前朗

读，接受检查。我畏缩了，让中岛帮忙代读，我也一同出席。摄影主任冈田茂先生最后说了句："砰砰砰，要更激烈些！"

不知是不是增加了情色场面的缘故，这部电影一九六四年首映时，取得了很大的成功。同年又马上公映了续集《女忍者化妆》。这也是我写的剧本。

一九六五年至一九六七年，我执笔编剧的日活电影有《北国之街》《再见泪水》《小雪》《归来的狼》《北国旅情》等，几乎都是歌谣电影❶。还有舟木一夫的《学园广场》，西乡辉彦的《天伦泪》《蜘蛛乐队奋不顾身大作战》……

石原裕次郎、小林旭、浅丘琉璃子等，由这些日活的吸金明星参演的电影轮不到我来写剧本，我只给吉永小百合写过两部电影：一九六六年的《或许是我的错》和一九六七年的《你年轻的时候》。

---

❶ 歌谣电影：以歌星受欢迎的歌曲为片名、由歌星主演的电影。故事也和歌曲内容相近，情节大众化。

怎么说呢，那时我还在拼命学习中，阅读优秀的剧本，做笔记进行分析。我的偶像是桥本忍先生，他为黑泽明导演创作了一批杰出的电影剧本。我还沉迷于为小津安二郎众多作品编剧的野田高梧先生的台词术、久保荣先生剧本中的现实主义。水木洋子女士的剧本也成了我的教科书。

水木女士编剧、今井正导演的《来日再相逢》前几天在电视上看到了。这部电影我看了超过二十遍吧，原作是罗曼·罗兰的反战小说《皮埃尔与露丝》。冈田英次与久我美子主演的悲剧爱情故事，是不管看多少遍都很棒的作品。

我奉为圣经的必读书是理论社的《日本剧本文学全集》。我细心阅读，书脊都磨薄了。

我的剧本结构比较弱。我从第一流的电影剧本中学到了起承转合的重要性。我先将剧本拆分成长篇、中篇、短篇，然后再将其恢复成完整剧本，就这样学习着前辈们的结构，反复进行剧本写作的训练。

我也不停地写电视剧本，也写动漫作品和青春片。在NHK，负责了几部电视剧，如改编自松本清张原著的《文五捕物绘图》和改编自山本周五郎原著的《红胡子》等。总之，我写得还不错。

修行，修行，我就这样不断地努力着，不知何时成了一名畅销的编剧。

在繁忙的工作中，我收到了 NHK 的大河剧❶剧本写作的邀约。那是一九七三年，超级喜欢 NHK 的妈妈开心地为我煮了红豆饭庆祝。

---

❶ 大河剧：长篇历史电视连续剧。这个名词为日本所创，指日本 NHK 电视台自 1963 年起每年制作一档的连续剧，"大河"一词来自法文的"roman-fleuve"，指以家族关系的生活思想为题材的系列长篇小说。——编者注

大河剧

　　一九七四年正月开始播放的大河剧《胜海舟》从项目一开始就出现了各种麻烦事。首先是演员，海舟的父亲小吉，最初定由歌舞伎演员二世尾上松绿先生出演，但遭到了他的拒绝，后来片方找到我，让我去劝说。

　　因为仁科明子（现名亚季子）出演了我的电视剧，我与其父岩井半四郎先生结缘，成了好朋友。我找岩井先生商量，他告诉我，松绿先生性格豪迈，有着很强的男子气概，只要双手撑地诚恳请求一定没问题的。

　　我拜访了正在大阪新歌舞伎座演出的松绿先生，进去就直接在榻榻米上跪下，拜托他出演电视剧。松绿先生吓了一大跳。"好了好了，我演。"他笑着答应了下来。

　　那年春天，妈妈去世了。举行完葬礼，刚松

了一口气没多久，扮演海舟的渡哲也先生突然身体不适，发烧近三十九度，高热持续不退。刚拍完了三盘带子，决定安排代演者。

有人提议找松方弘树代演，但松方先生的舞台演出和电影拍摄工作很多，非常繁忙。"可能不行吧。"社内这种猜测声很多，谁都不去劝说。制片人跟我打招呼说："要不你去说服试试？"我回："少有的情况啊。"

松方先生是东映的专属演员。我拜托东映社长冈田茂："还请允许松方先生来出演大河剧。"他回复说，"这对松方也是一次难得的好机会"，于是除了进行中的工作外，冈田茂社长特意为我们暂停了松方之后的日程。

一定要拍出好电视剧，一切都来自这样的初心。不过这好像也引发了一种反感，觉得"编剧做过头了"。

导演会改写剧本，告诉我这件事的是演员萩原健一君。我的做法是和参演者们一起朗读剧本，在"剧本围读"时根据大家的需求进行修正。可我听说在我回去后，剧本又增加了修改。

和母亲

不理解剧本意图的修改、幼稚拙劣的台词等，我是拒绝接受的。但超出了我水平的优秀解读，我是举双手赞同的。当然导演有他们自己的考虑，我也尊重，不过不打招呼就进行变更还是让人心里不舒服。

经过这样那样的情况后，周刊杂志的一篇报道引发了导火索。女性周刊来报道渡先生代演者的问题，采访由我来应对。这是 NHK 广告部指定的。

来采访的记者只热衷于打听 NHK 方面处理不当的地方。虽然我解释说，为了制作一部好剧，我们不得不做出这个决定，演员和工作人员都在共同努力做好工作，但这些话全都没有被记录。

记者回去后，我不知怎么有种"糟了"的感觉，就去了出版周刊的那家大型出版社。不出所料，报道中全是中伤节目制作的内容。争论的结果是，我向他们说明了本意，拜托他们进行修正，但标题的事情我压根儿没有想到。第二天一早，《仓本聪氏，来自〈胜海舟〉内部的爆炸性发言》，以此为标题的报道在电视台内部引发一片哗然。

我受到项目组二十余人的彻底问责。同情我的人只有两个。我说，"好好看看报道的内容吧"，但没有人听。又悔又悲，我禁不住哭了起来。

出了电视台，我乘出租车直接向羽田机场去了。不管去哪里都好，我想离开东京，搭上了飞往札幌的航班。那是一九七四年六月十七日。

札幌逃避行

到达千岁机场，我给老友、北海道放送的主管打电话，拜托他帮忙找个暂时的住所。他帮我订了札幌市内植物园附近的中村屋旅馆。我当即开始了隐身的秘密作战。我在最不显眼的、最里面的房间住下了。

虽然我与NHK之间仿若吵架后分手，不过剧本还是继续写，通过邮政寄送。我写到了一九七四年十月二十七日放映的第四十三集《大政奉还》，这之后由别的剧作家继续写。

如此，工作一个都没了。我想，"一切都结束了吧"。从电视台接不到工作了，我认命了。畅销剧作家突然变成了无业游民，那时我三十九岁。

我每晚走去薄野一带喝酒。一半是自暴自弃，既有对未来的不安，也有一种轻松舒畅的心情。酒馆的调酒师、风月女子、警察小哥、单身赴任的职员、大厨，还有当地的大叔……我和各种各样的人一起畅饮、聊天、东跑西玩。

在东京交往的都只是同行。"只和有那样利害关系的家伙们接触，居然还能写出剧本来啊。"我深深地感慨着。

在札幌和各种各样的人交往着，"能写的素材"不断地积累，但是没有工作。秋天即将过去的时候，我下定了决心，"差不多该考虑自己的安身之计了"。我盘算着这样那样的方案，最后决定，当个出租车司机不错。

我在常去的酒馆里和老顾客们一说，大家纷纷表示"不合适"。"与其费心'驾驭'自己的外貌和措辞，不如去'驾驭'货车。"我说了句对货车司机失礼的话。北海道有很多需要长途运送农产品、海产品的工作，所以收入不错。怎么说呢，我打算在丰平川的驾校学习考取大型二种驾照，连交规书都准备了。

就在那个时候，富士电视台的制片人岛田亲一和主管中村敏夫不知怎么找到了我，他们出现在中村屋旅馆。"不管什么都可以，你写电视剧的剧本吗?""什么?"我不禁犹豫了,岛田先生说:"中村君,那个……"中村先生递过来的信封中竟然装了五十万日元。

这简直是久旱逢甘露。对我这次札幌逃避行一句牢骚都没有、在东京进行舞台演出的妻子刚刚告诉我"家里存款就只有七万日元了"。大河剧的编剧费预付了三分之一,最后的三分之一在我的坚持下没有给出。"早知道不该装酷,直接收下就好了。"事到如今,后悔也晚了。

那时候,富士电视台正处于低迷期,"来来回回就十二个频道",一种自嘲的声音在台内悄悄流传。而电视台的黄金时代仍在持续,他们特别想要一部热门电视剧。

"好的演员已经搞定了。"两人说。淡岛千景、加东大介、高桥英树、夏纯子、长门裕之、栗田裕美……"写。"我决定了。"可以写电视台的坏话吗?""可以,可以。写什么都可以。"和NHK的纠纷、电视台让人讨厌的地方,还有行业的恶习等等,我要用我的方式痛痛快快地写出来。

六只海鸥

正在札幌逃避行的我又被富士电视台拉回了编剧世界。在那里写下的就是《六只海鸥》。

有着历史传统的大剧团"海鸥座"经历了分裂、解散后，女团长和五位演员在"海鸥公寓"里共同生活，去了他们一直避忌的电视台发展。但是，与赞助商的摩擦、围绕角色分配各种虚虚实实的交涉、台内复杂的人际关系等等，他们天天被电视台的麻烦事烦扰。

六位主角是团长淡岛千景，英俊的高桥英树，文艺部成员长门裕之及妻子夏纯子，新人女演员栗田裕美，从演员转为经纪人的加东大介。作为配角出场的人物也都选用个性派演员，个个都顽固坚持着各自渺小又吝啬的生活法则。这些都让电视剧有趣起来。

例如，藤冈琢也扮演的"票店熊"每逢盂

兰盆节、正月等节日，必定会提供机票，那就是他的讲究。中条静夫扮演的电视台部长清水在各种事情中受着夹板气，口头禅是"真是让人头疼啊"，幽默风趣的表演风格使他立即爆火。

写剧本的时候，我参考的是妻子的经历。妻子在剧团"伙伴"接受考试，后来转移去了"云"。"云"是从文学座分裂出来的剧团。我打听了其诞生的各种故事，丰富了剧中形象。

我疯狂地写着，仿佛后背上附了什么在催促着我似的。是电视界的恶灵吧，还是剧本之神呢？回想起来，执笔的推动力是愤怒的能量。

但是，直接发泄怒火不是专业做法。在电视剧里发挥重要作用的是推销演员的经纪人。我制造了一些从内部视角看电视节目时所谓的内幕故事，充斥着黑色幽默。果然，写作还是快乐的。

怀着各种各样的想法写出的《六只海鸥》于一九七四年十月开始播出，至第二年三月一共播放了二十六集。每星期六晚上十点播放一集，时长五十五分钟。不过，富士电视台计划起死回生的愿望落空了，收视率并没有怎么增长。

电视剧《六只海鸥》剧本

　　写作这部电视剧一开始并没有用"仓本聪"这个名字。我离开《胜海舟》项目的理由，NHK对外说明的是"生病疗养"。我因为生气"跳到"札幌一事，知道的人都知道，但不管怎样，不能用"仓本聪"三个字。我提到了一个名字。

　　石川俊子——渡哲也先生的夫人结婚前的名字。这场骚动的开端就是渡先生生病引发的演员替换。"渡先生，请允许我使用。"我没和他打招呼就决定了。

　　收视率没涨多少，但这部剧奇怪地受到了专家青睐，入围了银河奖。假如获奖了，编剧的名字是要公开的，因此我给渡先生家打了电话，说明了事情经过。真正的石川俊子"啊?!"地吓了一大跳，说快别这样了，所以编剧的名字从中间改回了"仓本聪"。电视剧完结后，它也的确获奖了。

　　这个项目成了加东大介先生的遗作。他隐瞒了癌症出演电视剧，病情恶化得厉害。拍摄加东先生打弹子球的场景时，我请他儿子坐在邻座来了个特别演出，最终播放了父子双人特写。

三郎

《六只海鸥》最后一集的小标题是《再见，电视》。我以为电视台的工作就此打上了休止符，没想到反而慢慢地来活儿了。我想："那就专心在札幌，吭哧吭哧地写吧。"

经济的高速发展突然迎来了泡沫时代，我不打算回到那个不断盖高楼、持续异常扩大的东京。那种繁荣不知什么时候就会崩坏，想想就让人不安。

北海道广播公司（HBC）的制片人守分寿男，我从初到札幌就承蒙他的关照，工作上他也经常帮我打各种招呼。一九七六年二月，由北海道广播公司制作、在东京广播公司联播放映的单集电视剧《梦幻之城》就是其中一例。

主演是田中绢代女士和笠智众先生，扮演一对老夫妇。战前，他们生活在萨哈林岛的霍尔姆

斯克，追寻着记忆，他们开始为那座令人怀念的
小城制作地图。他们来到小樽，拜访了故乡老友
的女儿，但弄丢了正在制作的地图。饰演女儿的
桃井薰和特别出演卡车司机的北岛三郎，还有室
田日出男，随着他们角色的故事纠缠，电视剧情
推进着。

　　这部电视剧的创作灵感是在札幌常去的那家
炉端烧店得到的。经营那家店的姐妹俩是从霍尔
姆斯克返回日本的，我听她们讲述了当年的回忆
故事。

　　小樽的外景拍摄，都是在工作繁忙的北岛先
生从东京赶过来的当日进行规划，只是难得他来
了，却是大雪天。他到了千岁机场，又赶上了交
通大堵塞。到达外景地的时间，完全无法掌控。
后来想到了一个方案：我们联系了出租车公司，
报上了车牌号，拜托他们用无线电告知我们北岛
先生搭乘的出租车所在的位置。

　　"阿三通过钱函高速出入口。""距离小樽还
有十五分钟。"聚集在外景地参观的当地人每次
听到通知都大声欢呼，当出租车到达时更是喝彩

连连。真是一位完全可以将其他那些有名演员甩开一大截的主演。

"阿三的人气究竟怎么回事？"我想着想着不禁下定了决心。"当他的跟班吧。"通过《六只海鸥》与我熟悉起来的富士电视台的中村敏夫先生，与阿三关系很好，我通过他提出请求，得到了"可以啊"的回复。

跟班已有三人，我是"第四跟班"。那个冬天，函馆、大畑、青森、黑石等地进行的演歌 ❶ 巡回公演，我和中村先生同行。我们巡回在那些小小的镇体育馆之间。下午一点开始的公演，从上午十一点左右就开始有男女老少陆陆续续汇集过来，开场时就座无虚席了。他们把带来的垫子往地上一铺，坐下后毛毯往膝上一盖，就等着主角登场。

公演开始了。第一部分是热门歌曲大汇集，第二部分是点歌环节。点歌的部分太棒了。我从

---

❶ 演歌：日本传统歌曲类别，反映民族情调。——编者注

心底里感动，感动到我仿佛能听到鳞片从眼睛中哗啦啦剥落的声音。

"我是从北海道走出去的，在（东京）涉谷走唱了好多年。客人点歌，不会唱的歌一首都没有。"阿三说道，"来吧，什么都可以，点吧!"异样的兴奋中，大家纷纷叫嚷着歌曲名字，他痛快地接受，依次唱了起来。

阿三和观众的互动中没有任何隔阂。年龄、性别、职业、身份等等，一切的区别对待都没有，只是人与人之间平等地相互碰撞在一起。

"我这些年都做了些什么啊。"我不禁深感羞愧。我身上无意识地存在一种精英意识，工作时总是带着一种"自上而下俯视的视角"，写剧本时只关注批评家、业界人士的评价。而电视剧是大众产品。我暗下决心，要用"地平线的视角"来写电视剧。

前略 ❶ 致妈妈

　　来札幌三年中，我与各式各样的人相遇，接剧本的范围也逐渐扩大。向田邦子女士听说我在北海道长住，骂我道："你，不回东京是不行的。会没工作的。"但是，工作是有的。等我意识到时，发现和在东京时一样，没有变化，还是那么忙。

　　剧中故事发生的舞台主要设在北海道。连续的作品有北海道广播公司制作、于东京广播公司东芝周日剧场播放的《我家的本官》。这部剧早于《梦幻之城》，于一九七五年五月开始播出，第一部完结后，持续到一九八一年十二月，共播出了六部。砂原町（现森町）、支笏湖畔、厚田

---

❶ 前略：书信用语，以此省去信件开头客气问候的字句。——编者注

村（现石狩市）的派出所是故事发生的舞台。

大泷秀治先生第一次主演电视剧。主人公是个巡警，口头禅是"本官……"，工作起来超级努力又认真的一个人。妻子由八千草薰扮演，女儿由仁科明子（现名亚季子）扮演。这部剧中没有什么大事发生，描写了巡警与家人、与当地的人之间那些暖心的交流。

承蒙北海道警察本部长的热情协助，派出所里的生活、工作等情况得以被真实地描写出来。"执着的人"大泷秀治表演出色。他略带伤感地将地方警察的骄傲与情感表演了出来，颇获好评。

热门作品接连出现。日本电视台的《前略致妈妈》从一九七五年十月开始播放，直到第二年的四月，共二十六集，获得好评。半年后开始播出第二部，一直播到一九七七年四月，共二十四集。这部剧的创作契机是小健（萩原健一）来拜托我："帮忙写点儿什么吧。"

当时松田优作、原田芳雄这类风格"无法无天"的演员很受欢迎，小健是其中的代表人物。

我想激发出他新的魅力。

那种人气明星潇潇洒洒出现在镜头前的电视剧没什么意思，还是朴实无华的底层故事好。就像高仓健先生主演的黑帮电影那样，主人公是让人敬畏的讲义气之人的手下。这种设定下，主角自然是闪亮的，配角也是鲜活的。

主人公的形象确定了——因集体就业从山形县上京，在深川的料亭工作的见习大厨，名叫片岛三郎，大家对他的爱称是阿三。他不仅性格内向，面对东京人时更是胆怯得无法好好说话，而且身边有很多人让他感觉抬不起头。丘光子扮演年轻老板娘，梅宫辰夫扮演料亭主厨，小松政夫扮演前辈，室田日出男扮演处理镇上各种麻烦事的鸢集团的小头目"鬼之半妻"（半田妻吉），还有桃井薰饰演的表妹冈野海……

阿三思念母亲，给远在山形县的母亲写信。他在信里写自己因为各种事情受着夹板气、被逼得走投无路等无法向他人诉说的内心想法。那是他内心的声音，于是这种独白就采用了旁白的形式。我认为山田太一编剧的电视剧《各个秋天》

中小仓一郎朴实的旁白很不错，就参考了一下。同时，考虑到特有的文体，借鉴了日本放送时代为《裸放浪记》中山下清配音的叙述语调。

　　该剧取得了很好的成绩，多亏了演员们。小健、梅宫先生都颠覆了以往观众心中的印象，完美演绎了难度极大的角色。东映专门饰演被杀角色的"食人鱼军团"❶中的川谷拓三也扮演了一个独特的角色。

　　桃井薰很厉害。她以一副沉浸在书中的样子出现时，我不禁问"怎么了"，她居然回答说"有种孤独花季的感觉"。她的言语和想法让我大受刺激，我将它们活用到了电视剧制作中。整个表演团队，大家都非常棒。

---

❶　食人鱼军团：日本演员团体，由东映下属的龙套演员为主，于1975年成立。主要成员为在电影电视剧中饰演被斩杀角色、反派角色的演员。因梦想着有朝一日能"吃掉"主角，故取名"食人鱼"。——译者注

田中绢代女士

　　《前略　致妈妈》系列的第二部，饰演老板娘的八千草薰女士等也加入了进来，阵容越来越好了。但就在这时，让人难以置信的事情发生了。田中绢代女士的病情恶化了。

　　绢代女士主要是在旁白部分出场，但到了系列的后半部分时，她身心都出现了问题。录音日，我开车去接她，送她到录音棚。在车中，她有时板着脸沉默不语，有时又像被什么附身了一般滔滔不绝地说话。听说她吃不下饭，我有时拜托妻子帮忙做汤送过去。

　　不愧是田中绢代，所有旁白部分都完美地完成了录制，但我听说她的病情进一步恶化了。有一天，绢代女士的远房亲戚、电影导演小林正树先生给我打来电话。他告诉我，绢代女士住进了东京的顺天堂大学医院。肺癌转移了。

　　她有不少的合约，只是她连身边人都怀疑，不仅将自己的个人签章藏了起来，连财产管理与偿还债务等相关事务也无法进行商量。我也加入了住在镰仓的川喜多长政、川喜多假死子❶夫妇与律师的商谈。

　　《前略　致妈妈》中绢代女士饰演山形县阿三的母亲益代，在一九七七年三月十八日的第二十二集中去世，按照计划葬礼在第二周的第二十三集中播放，剧本都已经递过去了。

　　我在富良野犹豫了："要不重写剧本吧？"但录制都已经结束了。我向在那个世界里的妈妈祈祷："妈妈，请不要叫绢代女士过去。"

　　妈妈在一九七四年三月十九日过世了。那时，她因病又加重了抑郁。带着对妈妈的思念，我一口气写了剧本，那年的九月在东京广播公司的东芝周日剧场播放，就是《铃铃》。绢代女士在里面饰演一位因精神失常而去世的老年妇女，

---

❶　川喜多假死子：因以假死状态出生，被家人取名为"かしこ"，国内曾翻译为"可诗子"。——译者注

那是让人毛骨悚然的演技。

电视剧中绢代女士的角色去世是在三月十八日，妈妈的忌日是十九日。那个世界的妈妈与绢代女士重叠在了一起，我胸中有股不祥的不安。十八日过去了，十九日也平安无事地过去了，到了二十一日，我收到身在东京的妻子的消息，绢代女士去世了。

我飞去东京，第一次走进了绢代女士在镰仓的家。悬崖边上一幢小小的木质二层楼，二楼是玄关，楼下是狭小的起居室。四十瓦左右的电灯，光线昏暗。有一台小小的老式黑白电视机。据说松竹❶时代饰演绢代女士保镖角色的龙套演员"隼小信"（隼信吉先生）不时地来拜访。

那夜，小林先生、小信和我一起守在绢代女士身边。第二日，在家中举行葬礼，五所平之助等对我来说遥不可及的电影人陆续前来吊唁。

第二日一早，突然来了一位高龄男子，说

❶ 松竹：指松竹映画株式会社，日本著名电影企业。——编者注

"我想见见绢代女士"。那男子对着遗体恭敬地拜了拜之后，"踩过鲜花，跨越暴风雨……"，他一边哭泣着一边大声唱起了电影《爱染桂》的主题曲。那是一九三八至一九三九年绢代女士与上原谦主演、让她一举成为大明星的松竹电影。他正是当年的副导演。

后来，葬礼在筑地本愿寺举行。松竹的城户四郎社长、东宝的藤本真澄先生等大批电影、电视界的重要人物都出席了，我也作为葬礼委员会的一员，诵读了悼词。

灵堂外，两千多人蜂拥而至，我们紧急扩大了祭坛。烧香的队列连绵不断，线香升起的烟雾中能看到闪闪发光的东西。当我意识到那是拿不出奠仪的人们投进来的香资雨时，不禁止不住地流泪。

想生活在富饶的大自然中

一九七六年的夏天，我决定搬到富良野去住，并买了土地。等大雪融化，第二年春盖房子，秋初搬家过去。一九七七年三月，田中绢代女士去世的时候，正是我往返于札幌与富良野的时期。

"想生活在富饶的大自然中。"这个愿望日益膨胀。札幌的街道也在渐渐地变化。原本有很多木质建筑物的薄野一带也不断地建起了高楼大厦。听说还有房地产商横行霸道。

我开始在北海道内寻找移住的地方。我去了中标津、根室等地，到处看了看，但没有遇到"就是这里"的地方。好不容易找到的是积丹町的美国町，那里沿着海，有被海湾夹着的海角高台上的三千坪❶土地。我心想，这里不错啊。只

---

❶ 1 坪约等于 3.3058 平方米。——编者注

是海边是岩石层，出不了水。很遗憾，只能放弃了。

我和几乎每天都去的札幌那家炉端烧店"樽平"的老板娘说："美国町，不行啊。"就在那时候，边上坐着的一个男子问我："你知道富良野吗？"我不知道，反而问他："是那种做裤子用的法兰绒 ❶ 的产地吗？"

号称是书法家的男子很亲切地说"我带你去吧"。第二日一早七点，我们约在札幌车站，一起搭乘电车过去，然后乘坐市职员的车子参观了市里分块出让土地的文化村。

我一眼就喜欢上了。密密麻麻的山白竹覆盖着地面，让人看不清地形，还有湖泽。白桦树干的粗壮让人震撼。我在北海道四处转悠，本以为国有林以外很少有自然林，惊讶地发现这里是天然树林的宝库。野鸟的鸣叫声从头顶传来。爬上树采果子，滑下来后发现树干上有很多熊爪印。

---

❶ "法兰绒"的日文发音与"富良野"的发音一致，都是 furano。——译者注

　　也许是担心完全喜欢上了这里的我会害怕熊，市里的人说："这边的熊脾气很好。"这话听了很开心，我当即决定"买下"。这里没有自来水，从湖泽引水过来，安上净化装置就可以了。

　　整个文化村是四町步（大约四万平方米）。策划这个文化村的是"泥龟先生"，他的本名叫高桥延清。他是东京大学北海道演习林的前林长，是一位不求荣达、和森林生活在一起的学者。这个策划，想必是他思考着"森林与人类，究竟该以怎样的比例生活在一起才能达到共生"而做出的。

　　文化村里只建了一幢房子。主人是写出《山蓟之歌》《樱贝之歌》的著名作曲家八洲秀章先生，参观的时候，他劝我"就买隔壁吧"。听说八洲先生的籍贯在真狩村，在富良野这边有一栋别墅。我仅仅参观了一个小时就决定购买了。虽然我总是看之前"先跳了再说"，但这次是花了很短时间看后才跳的。

　　我的区划是一千四百坪，价格为每坪六千日

元。单我一个人是买不起的，我向大泷秀治先生
和八千草薰女士提出共同购入的请求。八千草薰
女士回复 OK。来参观的大泷先生却不知怎的，
有种失望表情。"这边晴天，那边却是阴。原以
为很宽敞，却意外地窄啊。"最后，大泷先生退
出，我和八千草薰女士一起买下。

　　妻子说要和我一起生活。自从我逃避到札
幌以后，我们一直是分居生活，我没想到她愿意
来富良野，非常高兴。不过，她还是继续舞台表
演，有工作的时候就出门离开。

和爱犬山口在一起

移居富艮野的第一年

富良野的第一个晚上，夜里，我被黑暗的深邃震撼了。总感觉有什么东西在嗡嗡作响，直到清晨都没睡着。一定是地灵在漆黑的暗夜里蠕动。这样的日子持续了几天，这种感觉终于消失了。想必是地灵给了我许可——可以住在这里了。

我在富良野没有熟人。最初相识的是森本毅先生，他当时经营着滑子菇工厂，没多久开了家乡土料理店"kumagera"（黑啄木鸟）。我成为那里的常客，因他的缘故，我与富良野青年会议所的人也熟悉了起来。

那里有许多有趣的人，代表之一是"茶叶"，即茶畑和昭先生。他在富良野的麓乡经营电器行。风评他是个净会吹牛的怪人，不过我觉得他很有趣，经常和他一起玩。

　　"茶叶"家附近住着的是从事木材业的仲世古善雄先生。我们认识的时候，他父亲身体还很康健，我听到了很多麓乡起源的故事，在管理东大演习林钥匙的仲世古先生的带领下，我漫步在广袤的演习林中。他是我在富良野的亲友、恩人。

　　和这些在美丽又严酷的大自然中生活的人接触后，我明白了，他们不是靠知识，而是靠智慧生活。我有过好几次恍然大悟的经历。

　　通往家里的山崖林道上，有块巨大的石头冒出来，吉普车的轮子经常卡在中间。当我和附近平山农户的一位青年请教时，他这么说：沿着岩石的周围从四面挖下去。岩石露出来后，将圆木当作杠杆，慢慢撬动。"一天不是能动个三厘米嘛。"即便最初只能活动一点点，只要耐心坚持下去，岩石一定能挪开。干上十天，石头就能挪动一米。我不禁感动地大叫"大师"。听说这种操作在富良野被称作"一寸一寸拉"。不厌其烦、一直不松懈、顽强地努力，才是生活的智慧。

冬天来了，我陷入了严重的抑郁。想来环境变化是其原因吧。来到富良野之后，为了生活，这样那样的种种事情追在身后，疲劳不断累积。妻子因为工作去了东京，剩我独自一人。一点劲儿都提不起来，光想着死，这样的日子持续了两周左右。

日本放送时代的前辈、波丽佳音的社长羽佐间重彰先生为了鼓励我，寄来了磁带——新人歌手中岛美雪的试播版磁带。每首歌都很好听，但都非常阴暗。夜晚，坐在二楼的暖炉前听着听着，我又想死了。

下楼来到玄关，我打算去屋外的吉普车上不开暖风睡觉。室外零下三十摄氏度，肯定会死。只是，玄关的铁质门把手冻透了，伸手一碰就啪地把手吸住，拿不下来。一直盯着看的爱犬山口死死咬住我的衣服下摆，拼命拉扯。我这才回过神来。

山口的名字取自山口百惠女士。它是早年用于猎熊的北海道犬，是力大又温顺的狗。

这样的日子每天重复着。没有食欲，也没有

精神，突然就想死。我去札幌的精神科咨询，大夫说的话让人不舒服："每年天气寒冷起来，就会抑郁的。"不过，我依靠镇静剂和酒，抑制住了，没有发展为重度抑郁。

偶尔地，我会写点单集电视剧，几乎不工作，所以有闲暇时间，开着吉普车，沿着偏僻的乡下车站环绕，拍照片。布部、山部、峠❶下、增毛……山间的小车站、海边的孤寂车站，都吸引着我。

我也去当地的废屋转了转。走进塌了屋顶的房子，坐在软绵绵的榻榻米上，陷入沉思。

---

❶ 峠：日文汉字，指上山路与下山路的交汇处。——编者注

逛废屋，激发了想象力

《北国之恋》开始动笔

逛着废屋，逐渐沉迷了进去。虽然过着无所事事的日子，却也有成果。想象力被激发了出来。

可能是屋主人正吃着晚饭时发生了慌慌张张要连夜逃跑的紧急事情，吃剩的饭菜就那样留在了矮桌上，扔下不管的红色双肩包中露出封面是童星时期小林幸子的少女杂志，墙上的日历是十二月三十一日。想象力在不断地展翅飞扬。

四处走访着，我注意到废屋大致可以分成三大类：山间废屋、海边废屋、农村废屋。煤矿、林业、水产业、农业，是早年支撑了日本经济繁荣的产业，废屋就是这些产业工人的家。经历了高速经济增长后，它们在产业构造大转变的巨浪中衰退下来，最终被抛弃。废屋是其残骸。

逛着偏僻车站，也触动到了我的心，我感受

到东京在一极集中 ❶ 的过程中逐渐衰败的伤感。

　　几乎不写剧本。正是在这样的日子中，某一天，富士电视台的企划负责人来到我家，说："请您帮忙以北海道为舞台写部电视连续剧。"

　　"像《荒野家族历险记》或《狐狸的故事》那样的电视剧就可以。"虽然是希望写北海道的电视剧，但这概念太模糊了。

　　《荒野家族历险记》是一部讲述了一家人从洛杉矶迁移到无人的落基山脉中生活的美国电影；《狐狸的故事》则是一部纪录片，长期跟拍鄂霍次克地区内小清水町的兽医，记录了他们为受伤的野生动物治疗、进行康复训练等故事。我说："哪个故事的内容都不是能简单在电视中表现的。"

　　我想写一部贴近富良野居民的日常生活、脚踏实地、用"地平线视角"反映现实的电视剧。移住富良野已经三年多了，借助熟识之人的智

---

❶ 一极集中：日本的政治、经济、文化、人口以及社会资源和活动过度集中于东京都及其周边县的问题。——编者注

慧，我以自己的方式通过头脑和身体拼命生活着，对事物的思考方式、人生观等都发生了很大的变化。我希望能把这些都揉进电视剧里。

但是负责人说："电视剧的观众是东京等大城市的居民，要吻合他们对北海道的印象。"我气不打一处来，热血直冲脑门。"北海道就是被大自然围绕着、被高速发展的社会抛在身后的偏僻地方"，我似乎能清楚地读到那种刻板的印象。我说让我稍微考虑下，他回去了。我开始推敲结构。构思的根本是对日本现状的疑问：什么才是生活的坐标轴？东京和富良野，哪个才是正常？

战中派的我被父母和大人们灌输了节约的美德、"不浪费的精神"等，但经历了经济的高速增长后，浪费和一次性产品随处可见，大量生产、大量消费成了美德。"到底是怎么了？"在富良野生活后，这种疑惑更加强烈了。

但是，把这些疑问、愤怒拿出来写，就成不了"美味的家庭剧"，就挣不到多少收视率。贯穿电视剧的概念确定了："小小一家人的大爱故

事。"也是受到了美国女作家劳拉·英格斯·怀
德的小说《大森林里的小木屋》的影响，那是演
员岸田今日子女士来富良野时赠与我的、我爱读
的一本书。

我开始动笔写电视剧《北国之恋》。

这个时候——

我收到了日益熟悉的富良野青年会议所成员
们的求助。

在成为 JR 前，当时的国铁根室本线是经过
岩见泽、泷川、富良野的，可随着石胜线的开
通，近期线路将不再通过富良野。这么一来，联
通札幌、十胜、钏路的北海道南部大动脉将避开
富良野，也就是说，富良野被丢下了。这对富良
野这个小城市的观光业是一个巨大的打击。要想
办法努力让经过富良野、通往带广–钏路的特急
列车保留几趟车。青年会议所想发起这样一个运
动，所以拜托我协助他们一下。

当时，富良野的知名度仅限于滑雪场，冬季
的二十五万滑雪爱好者几乎就是全部观光客。而

夏季的观光，还没开始就放弃了。

但在这里住下来后，我感受到了富良野的美好，冬天不用说，夏季美瑛至富良野之间短暂的丘陵地带也很美，特别是考虑退休、居住在中富良野的富田忠雄先生经营了一片用作生产香料的薰衣草花田，我感受到了那紫色花田的美。

和我移住到这里差不多同时，从商社离职的摄影家前田真三先生被美瑛丘陵的美吸引了，他租借美马牛峠农家的房子，每天不停地拍照片。我和他时不时在原野相遇，成了意气相投的朋友。恰巧富田先生的薰衣草花田照片被国铁的日历采用了，那种美引起了人们的注意。很偶然地，就在那个时候，我收到了青年会议所的求助。

我向他们表达了我的意见。

国铁的计划一旦决定了，是不会那么容易被推翻的。这时候不应该感叹这里被铁道干线排除在外，从而发起反对运动，而是要转换一下想法：特急列车不经过富良野了，安静的富良野回来了，难道我们不应该为此召开庆祝会吗？

来来来，再怎么招呼，人们还是不会来的。但是只要这片土地看起来足够宜人，即便不声张，人们不还是会来吗？躲进天岩户的天照大神听到人们因为天钿女命的舞蹈而兴奋骚动，好奇是什么事，于是推开门张望。仿照这个故事，我们也愉快热闹起来不就好了？

我称之为"天岩户方式"，说服了青年会议所的成员。

同时，我又出了一个主意。

之前北海道的经典土特产是函馆的"特拉皮斯汀黄油"和点心"山亲爷"。但是黄油太常见了，连东京的百货商场也能买到，这就不好了。北海道的东西，说到底还是应该只能在北海道买到才是。

我向他们提了这样的建议。

扯远了。

就如《北国之恋》从破烂的废屋开始一样，
富良野塾也是从这个废屋开始的

主角"阴"配角"阳"

《北国之恋》的剧本方案确定下来了。这是一个男子和妻子分手后，带着还是小学生的儿子和女儿从东京回到故乡富良野，开始在自己出生的那幢废屋中生活的故事，而那幢屋里没有电也没有自来水。这三个住户就是主人公。

剧集开播定在一九八一年秋。一小时一集，共二十四集，要播出近两年时间。我在书斋写字台前的墙上贴了三张纸，上面大大地写着："要写人！""要俏皮！""有激情！"

最重要的就是人，我想好好地塑造出场人物的形象，让他们在各方面都生动起来。这就是"要写人"。把想到的一切直接又俏皮地覆于其上，再加上让人物时刻保持情绪高涨、内心愤怒的能量。

在整体的结构上设置巨大的起承转合，而每

一集又设置各自的起承转合，这就是我的电视剧创作理论。我对这部投注了自己生活方式和思考的电视剧，写作还是有热情的。

主角的名字叫作黑板五郎。高中毕业后，因集体就业来到东京。但是，他不习惯东京的生活，婚姻也破裂了，回到故乡北方大地，准备扎根于此，老老实实重新生活。这个男人虽然是一个对自我有着清晰认识的有骨气的家伙，但也拈花惹草，酒瘾大，有着一堆的缺点。我觉得主角有点坏坏的更有魅力。

进入选角阶段，五郎的备选演员有高仓健、藤龙也、绪形拳、中村雅俊、西田敏行、田中邦卫，不过要问其中最惹人怜爱的是谁，全场一致认为是邦卫先生。如果选了高仓健先生的话，这会是怎样的一部电视剧呢？

在加山雄三主演的东宝系列电影《若大将》中，邦卫先生扮演了若大将的好友兼情敌青大将，让人感觉演技浮夸。我拜托他："还请将过往的田中邦卫先生全部扔掉。"邦卫先生气得噘起了嘴："那为什么还要找我?!"不过，他的黑板五郎很棒。

纯和萤，两个儿童角色的试镜开始了。纯，十岁的吉冈秀隆；萤，九岁的中岛朋子，是从三百个应征者中选拔出来的。吉冈，一个有毅力、朝气蓬勃的少年；中岛，一个让人感觉体弱、缺少活力的少女。

角色一个接一个地确定下来了。饰演主角的三位演员给人的印象是"阴"，这样，就要在周围配上"阳"的演员：饰演五郎前妻令子的石田良子，饰演令子妹妹、来到富良野的雪子的竹下景子，饰演草太哥哥的岩城滉一等。以在富良野相遇的人们为基础设计了各种各样的配角。

录制开始了，耗时一年半时间，以"后援团"富良野青年会议所地处的麓乡为中心进行外景拍摄。只是，当年富士电视台在北海道几乎没有什么名气，没有信用，无法挂账，住宿、饮食、用车等等，所有一切都必须现金支付。仅仅剧组的工作人员就有六七十人，还不包括演员和助理，"相关人员"的数量更庞大。

交往多年的制片人中村敏夫带着整沓厚厚的

一万日元大钞来了。做事有保障的"阳"的敏夫眼看着一天天瘦下来，终于因心源性胰腺炎住院了，超出预算的压力是疾病诱因。最后，制作费高达十五亿日元，超出当初预算的两倍。

开始写《北国之恋》时，我与当地的仲世古先生商量，故事发生在富良野麓乡，创作时该使用虚构的地名呢，还是就直接使用"麓乡"这个名字？说不定这部剧火了，游客会蜂拥而至，给当地居民增添麻烦，该怎么办才好？他说人口这么稀少的地方，游客会蜂拥而至的事情，怎么都想象不出来。如果真的来了，那就感激不尽了，请您就直接用"麓乡"这个名字吧。就这样，我直接使用了"麓乡"。

电视剧《北国之恋》第一集剧本

开 始 播 出

一九八一年十月九日，《北国之恋》开始播放了。与集体就业的列车逆向而行，终点是富良野一家三口下车的车站，是我在"车站巡游"中喜欢上的根室本线布部站。居住的房子是麓乡的废屋。

纯与萤被自家寒酸破旧的房子吓住了。在依靠风力通了电，从湖泽接管子引来水之前，这里没有电和自来水。纯："没有电，没法生活啊。"五郎："没那回事。"纯："到了晚上，我们该怎么办？"五郎："到了晚上那就睡觉。"故事就这样开始了。

外景拍摄的一年半时间里，纯与萤长高了近十厘米。我把他们俩的成长作为电视剧的核心。大城市钢筋水泥中长大的孩子被扔到富良野的大自然中，过着几乎是自给自足的生活，究竟会产生怎样的化学反应呢？外景拍摄的中途，由我编剧、高仓健先生主演的东宝电影《车站》的拍摄虽已至佳境，我还是尽可能驱车从富良野赶往《车站》的拍摄现场增毛，出了外景。

真实性是这部电视剧的生命。虽然我明白那不是编剧的权限范围，但有时还是会对导演工作提出要求。例如，纯用独轮手推车搬运石块的场景，因为石块很重，电视剧中的常规拍摄手法是在很少一层石块底下铺上稻草，做出整车石块的效果。只是这样一来即便演员演出了石块很重的感觉，也不会出汗。"全部用石块"，说着，我让纯开始搬运，独轮车很快就翻了。就这样也可以。

五郎的砍柴场景也是这样，认真的邦卫先生汗流浃背用尽全力地砍柴，马上就气喘吁吁了，我不由得招呼他"慢慢砍"。体力活要慢慢地接连不断地做，不然就没法持续。这是我从富良野的居民那里学到的劳动诀窍。

电视剧推进着，但收视率不是很理想，一直在 10% 左右徘徊。那是因为同一时间段别家电视台有着很强的竞争剧目。在《北国之恋》开播的三周前，一九八一年九月十八日周五晚十点，东京广播公司开始播放电视剧《回忆制造》，那是以年轻人为目标观众的电视剧。剧本创作是山田太一先生，故事不可能无聊。

虽然收视率让人头疼，不过电视剧的反响很不错。例如，有粉丝给儿岛美雪饰演的酒吧女小荠写信。小荠是在酒馆里工作的女性角色，对那些可怜的男人很温柔，喜爱读开高健的书。素不相识的开高先生无意中听说了这件事，给我写来一封信。他好像没有看过剧，在信中写道："听说贵地有个好女人愿意和可怜的男人睡觉，当地的民风得有多好啊。"

东大时代就认识的大江健三郎也不时搭乘新干线来与我见面，对我说："仓本君，小荠真好啊。"想到小荠的形象把那些知识分子感动了，我觉得要把小荠重新塑造成更"可爱的女性"。

五郎和令子的正式离婚以及令子的死，萤与母亲令子分别时沿着空知川狂奔、最后目送母亲搭乘的列车远去的感受，纯切断对东京的热爱、决定要在富良野好好生活的成长，富良野的人们那种一根筋式的憨直的生活方式，还有面对死亡的态度……我竭尽全力地写，演员们竭尽全力地读。

　　《回忆制造》一共十四集，于当年十二月二十五日完结。《北国之恋》的收视率超过20%就是在那以后。

富良野塾诞生

《北国之恋》于一九八二年三月二十六日迎来了最后一集。令人惊讶的是，从那个周末开始，观光客蜂拥而至，来到了麓乡。最初五百人，第二个周末两千人，大雪融化后一天一万人，到了夏天，竟然连日达到了数万人。那年实际上共有两百五十多万观光客蜂拥而至，狭窄的农道上出现了堵车现象，引起了骚动，就连青年会议所都惊讶得不知所措。在如今是无法想象的事情，那时候连我的住处都接到无数电话和信件。"我也是在勤俭节约中长大……"想必这位是同代人吧，我仔细阅读了他细细描绘的、在那物资匮乏的战中战后时代经历的艰辛。

回想起来，当时已经进入泡沫经济时期。我知道了，原来在众多拥抱泡沫经济的日本人中，还是有人会对与之正好相反的黑板一家人的生活方式产生共鸣。

年轻人的来信也很多：想在富良野生活，想成为一名演员，想学习剧本创作……我被热情的留言打动了，决定"要和年轻人一起做点什么"。我又一次"先跳了"。富良野塾就这样诞生了。

我召集了志愿要当编剧和演员的年轻人，大家一边劳作一边学习。年轻人没有钱，所以入塾费、听课费、生活费等，一律不收。我，也是没钱的。夏天，我们通过干农活挣钱，用我们自己的双手建造居住和学习的场所。

我与当地的农协商量，他们说欢迎年轻的劳动力。接下来就是寻找场地。在距我家二十五公里的西布礼别找到了一处很不错的场地，那是一个与四周隔绝、空旷的山谷，十几年前，拓荒者放弃农业耕作时留下了遗址。虽然杂草丛生，但有沼泽和泉水，总能有办法的。占地四万平方米，有废弃小屋和仓库。询问了所属农场，说是一年租金七万日元。

大致的计划定下来了。一九八三年秋天，送了三位年轻的工作人员过去，开始改造废屋、搭建宿舍。之后又增加一人，冬天的时候，招收塾生的准备工作不断推进。

入塾考试时，来了一百八十人，最后录取了十五人，但是马上又有几人被淘汰。大概是因为一开始自给自足的生活，给了他们很大的打击吧。期限是两年，结果留到最后的是男女各六人。

富良野塾创立之初非常凄惨。

虽然说得很有气势，其实手头的资金只有四百万日元。

为了搭建教学楼，从加拿大进口一百根圆木，三百万日元就"啪"地消失了。只剩下一百万日元。拖车、电锯还有其他东西，剩下的一百万日元也一下子没了。

首先是重建倒塌的废屋，努力搭建，使之能够住人。但是这幢废屋已经倾斜了一半，三面墙几乎没有了。要用绳子把它拉起来，首先让它垂直地面并固定住。再从那里开始砌外墙，加入隔热材料砌内墙。这工程越想越让人心烦，但不管怎么说，不做就无法开始。我跟最早过去、被称为"越冬队"的三人说，明天就开始吧！但三人磨磨蹭蹭就是不动。我问怎么了，他们说要给钱，我吓了一跳。

"没有钱，完全没有。"

这下轮到他们吓了一跳。

"没有钱，什么都做不了。木板是必要的，钉子也是！"

"等等等等！"我不禁叫了起来。

于是我开始了劝说，现在想来简直是乱七八糟的诡辩。

"听好了，让我们来好好分析一下'创作'这个词。'创'和'作'都有制造的意思，但是，'创'的制造和'作'的制造是不一样的。使用知识和金钱、模仿前例进行的制造是'作'，与之相对，即便没有金钱，仍依靠智慧生产出没有先例的东西，那才是'创'。我们要挑战'创'！"

"就算要挑战，没有钱也开始不了啊。"

"这种想法不可取。我们要思考即便没钱也要干成的方法。"

"思考思考，那该怎样思考?!"

"所以要从零开始想出办法。"

"怎么想?!"

"所以要思考办法。"

我们开始了禅语问答般的对话。

"木板该怎么办?!"

"使用废材就可以了。"

"哪里有废材呢?!"

"到处都是坏了的房子，把那些壁板拆下来，或者你们去找找马上要拆的房子。"

"到底该怎么找?!"

"只要找正在新建的房子就好了。新建房子，那之前的老房子大概马上就要被拆毁。最近出现了一种职业叫拆房工，他们使用挖掘机、重型机械捣毁房子。要是捣毁了那就什么都没了，所以要在那之前拜托他们，允许我们拆了墙板搬来这边用。"

"这样的房子，哪里有啊!"

"别什么事情都一件又一件来问我! 我现在也是在拼命地一边想一边说!"

"……"

"新建的房子一般会雇建设公司承包工程，明天先去富良野的建设公司转一圈！公司具体在哪里，你们查查电话簿！这就是所谓'创作'的'创'！"

我胡乱地鼓舞着他们，令人惊讶的是，他们找到了三幢如我所愿的房子。据说其中一家已经计划在两三日内安排拆房工人拆毁房子，我们反复恳求，帮他们搬家，花了一晚上的时间，尽可能仔细地拆下墙板。木板上锈迹斑斑弯曲的钉子，我们也全部取下来，扳正它们以备后用。隔热材料也是能用的就取下来再利用。

就这样，摇摇欲坠的废屋总算有了房子的样子。它名为管理楼，成为越冬队的住所。

这一切完成时已经是十一月中。

猛然一阵寒意袭来。

当时还未全球变暖，冬天的气温比现在要低上十摄氏度。

十一月下旬，零下二十八摄氏度的气温持续了一周，富良野塾所在的山谷，人都冻得缩了起来。

屋子中央放置了一个不倒翁火炉❶，不是很管用，房间里就是不暖和。

于是我们傍晚时点起篝火，在火中放进几块石头烧，然后用毛巾或毛毯包裹住烧过的石头代替汤婆子，抱着睡觉。

因此，当时管理楼的四周散落着许多石头，上面写着鬼冢、登崎等各自的名字。

洗澡就用铁桶从流淌过富良野塾的小河中打水，然后放进烧红的石头，把水烫热再洗。

一月。

更强劲的冷空气来袭，山谷的最低温度达零下三十摄氏度，最终甚至低至零下三十五摄氏度。

就在这样寒冷的环境中，我们还有一件不得不干的大事。

那就是为四月开塾的学生们建造住处和作为

---

❶ 不倒翁火炉：日本明治时期至昭和中后期广泛使用的铸铁取暖工具。因其形状多为鼓鼓的圆筒形、球形，让人联想到不倒翁，故此得名。——译者注

教学楼的大大的圆木屋。为了这个时间节点，我们必须搬运一百根圆木到富良野塾，然而圆木的重量是一根两吨。

要进入富良野塾，需要过一座早年搭建的横跨河流的简陋土桥，那桥只是在圆木上堆了些土，不知什么时候就会坍塌，让人不安，而且杂草中间，土桥搭建之初就有的标识上写着可承受重量为三吨。要是利用这座桥，该怎么把总重量高达两百吨的圆木运过去呢？真不知道如何是好。

这时我突然想到了早年北海道拓荒者发明的冰桥。

这里泥土的冻结深度是九十厘米。

深至地下九十厘米的泥土都冻得硬邦邦的，比混凝土还硬。

Suga，日本东北部的方言，就是指冰。过去在冬天，要将沼泽对面田地里种的农作物搬运过来，就在沼泽中放几根圆木，在圆木上铺上细枝条，再在上面撒雪浇水，然后用马拉雪橇搬运。这就是拓荒者的智慧。

我开始思考，或许可以利用这个方法，在土桥上撒雪浇水，反复多次。

我们在卡车上装了数根圆木，小心翼翼地试着从上面经过，土桥纹丝不动。

就这样，我们搬运了一百根圆木进谷，在连睫毛都冻住了的一、二、三月，我们居然成功地完成了圆木搬运。

来参观的青年会议所的朋友们都惊呆了：你们是怎么做到的！

这边冬天没人在户外干活的啊！

就算硬着头皮做，也是花钱请专业人员来做。没有钱，还可以去借啊。

借……

我绝不愿意靠借钱来完成这项大事业，这是我从一开始就坚定的决心。

存了一百万，那就干一百万的事情。

接下来是休息。

然后再存一百万，开始下一件一百万的事情。

对于借钱这种世间常识，原本我就认为是种

和聚集到富良野塾的年轻人一起动手搭建自己的住所和学习场所
（驾车者为仓本聪）

异常。

这种想法源于宫泽贤治的教诲。

贤治在花卷的农学校问学生，二减去一等于几。学生回答，一。二减去二等于几？零。二减去三等于几？负一。不对，贤治说。从两个苹果中试着取出三个试试。两个消失了，另一个却取不到，因此答案是零。

这个故事，我是从贤治的弟弟青六那里听来的。之后这种哲学理念就一直牢记在心。自古存在的负数概念，终归是纸上谈兵，现实中是不存在的。

所以，我对借钱这件事，是尽可能不做。

你是否已经对文明麻木了

一九八四年四月六日开塾了。那是一个大雪纷飞的寒冷日子，我表明了这样的目的："我们要抛弃人类过度的自信和傲慢，通过第一产业的劳动回到人类的原点，比起知识要更重视智慧，培养出脚踏实地的编剧和演员……"

我说，光靠讲课、排练是培养不出有骨气的编剧和演员的。我要求大家必须俯身于大地去劳作，学习划船、骑马等野外生活必需的技能，甚至要成为此领域的专家，通过与富良野的人们接触学到东西。

同时，我创作了富良野塾的起草文，贴在了排练场的墙上：

此刻的你
是否对文明感到麻木了？

石油与水，

车与足，

知识与智慧，

批评与创造，

道理与行动，

哪个更重要？

你是否忘记了曾经的感动？

最后你又会说些什么，

去歌颂我们这个世界的春天？

　　我承诺一年我至少讲课五十次，并执行了。我是正在工作的编剧，所以必须连日写作，再加上富良野塾的工作，肉体和精神上都很紧张。《北国之恋》的特别篇开始了，《北国之恋：1983冬天》《北国之恋：1984夏天》等等，我完成了一件接一件的工作。我不是专业的教授，而是专业的实战选手，所以讲课非常具有实践性。

　　写作的时候、表演的时候，我教导学生一定要重视各个场景。如果是在房间里，那就要画张平面图，把握整体形象是很重要的：布局如何，是冷是热，家具陈设是怎样的……我教学生通过绘画——表现出来，发挥想象力写出整体故事，进行表演。

我用零海拔、根、冰山等做比喻。我不断告诉学生，不要从半山腰开始，要从零海拔开始思考问题；要从遍布地下的树根和七分之六在水面之下的冰山来考虑事情。一切要从最根本开始。

第一期的学生非常有毅力。他们一边学习，一边不断搭建用于生活和排练等活动的圆木小屋。

一年至少讲课五十次，非常有实践性

自给自足

开设富良野塾的时候，我下决心要做的事情还有一件："一年内要靠自己的力量搭建一幢圆木小屋。"这个目标轻轻松松地完成了，我们搭建了管理楼、排练楼、车间、柴火屋等。一九八五年春天，第二期学生入塾后，还搭建了食堂、宿舍、锅炉房。为了骑马训练，购入了三匹马，连马棚都建了。

先头部队中的两人虽然有了做木匠活儿的心得，但其实还和外行人一样，而搭建过《北国之恋》中黑板五郎一家居住的圆木小屋的我最终成了最有经验的人。因为要打零工干农活，所以学生们疲劳困顿，还有人听课时睡着了。

但是我感受到了他们"要学习"的力量，于是在讲课中注入了更多的热情。对我来说，"回报电视界"的情感也很强烈。电影界有培养编剧和演员的体系，电视界却没有。我觉得应该创造这个体系。

但是，富良野塾从一开始就存在一个巨大的问题：怎么做才能让这些学生有饭吃？

收入来自农忙时期的助农工作。

那是他们的主要财源，只是农协方面提供的零工（日结工作）要趴在地上辛辛苦苦工作一天才能有四千五百日元。要靠这份仅仅在农忙时期才有的工资维持一整年的吃喝，而除了吃喝，还有电费、灯油费、汽油费等。

他们挣来的钱由每个人自主管理，做预算过日子。不过开塾没多久，学生干部过来说：

"老师，我们计算了好多次，要想光靠这点钱生活，一日三餐只能有两百八十日元。该怎么办才好？"

"既然只有这么一点，那就只好在这个范围内生活。努力想办法吧。"

"这样啊。"

他们真就老实地退下了。

我虽是那么说，不过也觉得这样太难了。那

时我琢磨必须要想个办法帮助一下他们。

但令人惊讶的是，他们居然靠着那点钱撑了过来。

他们去到农家，发现有很多农作物被丢弃。

日本农业是源于食物自给自足的"直耕文化"，但是战后的农业政策引入了美国式的大耕作法，农业渐渐地向商业化、工业化发展。因此流通就成了农业的命脉，大量生产、大量消费、大量废弃的经济理论被引入了农业的世界。

只有形态上合乎规格的东西才能进入流通领域，作为产品被人们购买，农人培育的农作物有四成左右不合规格，被丢弃在田里。学生们发现的就是这些。

大米，我们没法生产，不管怎样必须拿出钱来购买。

最开始那年我们只能靠赤米（最低等的劣米）勉强糊口。

但是第二年开始，农协通知说赤米是猪的专门饲料，人是不能吃的。去年我们吃的是猪饲料吗？想想就觉得很惨，没办法只好换了种价格稍微高一些的米。不过，其他食物都是被丢弃的农作物。

洋葱等都是采用汇率制售卖的，所以行情不好的话库存就会爆仓。一爆仓旧货品就会被挑选出来，扔到山里或河里。这种时候，就有挂念我们的农民悄悄打电话过来：今天，会扔到哪里哪里的山里。

于是，我们就开着富良野塾的破旧卡车到那个地方等待。

从卡车直接移到卡车上，是会被农协说的，所以我们让农民先将食物丢弃，我们捡拾起来，再装上卡车运回去，挖个大洞倒入。在上面盖草席，薄薄地撒一层土，再加上积雪，只要确保有通气孔，就足够维持一个冬天了。

南瓜、胡萝卜、土豆、洋葱等都可以用这种方法保存。

还有野菜、山椒芽、菌菇类，都能在这里采到很多，河中还能钓到小鱼。

原本我是抱着弥生 ❶ 式自给自足的决心，准备建个小小的农园，这时却出现了一个大问题。

虽然这里的人们常说，杜鹃鸟一鸣叫就要播种，但这里的春天实在短暂。而且前面也说过，这里冬天非常寒冷，泥土冻结到地下九十厘米，就算播种，种子也发不了芽。因此这里的农家，都有一种神奇的名叫"出芽器"的电取暖器，在上面加热种子，先孵化出苗芽（根）再种到地里，只是当时的出芽器都在满负荷运转，我们就算是求也借不到。

播种的季节一天天过去，没辙了。

就在这时候，有个学生从附近的农家老爷爷那里听来了宝贵的建议。

老爷爷给了他一条老奶奶穿的连裤袜，说用这个来发芽：把种子浸在水里，然后用纱布包起来，放进裤袜里，缠在肚子上睡下。他说，男人的肚子比女人的温度高，所以让男生们缠在肚子

---

❶ 弥生时代的日本以水稻种植来维持生活需要。而之前的强文时代，主要以采集和狩猎维生。——编者注

上试试。

真的能行吗？半信半疑，但不试试不知道啊。我们把南瓜种子浸在水里，用纱布包起来，放进裤袜里，让姓登崎的男生缠在肚子上。我严令他之后的十天至两周内，在洗澡之外的时间里要一直缠着。

然而，不知怎么，第二天种子居然全部发芽了！

大家都大吃一惊，登崎孵化出了南瓜芽！那个夏天，我们收获了很多南瓜。

就这样，我们想了种种办法强行度过了让人难以置信的一日三餐只花两百八十日元的日子。

忘了是哪期的事情了，伙食突然丰盛起来，平日难见的肉居然出现了。

有一天，那期的学生干部过来说，"不能大声说出来"。

"不能大声说出来，不过今年我们做到了三餐一百九十日元。"

"什么?!"

我仔细一打听原来是这么回事。

那一期入塾的学生中，有一个人在超市里打工。超市中会出现过期食品，特别是便当和熟食。五分钟前还在销售的剩货不能说坏了，但因为味道变差遭到丢弃，店长或打工的店员就把这些带回家当夜宵吃。富良野有三家超市。

至此，不用再多说大家也都明白了吧。

据说他们在店里安排了两个人。直接要不太好，所以他们就负责把那些被丢弃的食物捡回来当饭吃。这么一来，伙食内容更加丰富了，一日三餐的花费却只有一百九十日元。太令人佩服了。

仔细想想，看不到这么多废弃物被生产出来的人们，已经对文明麻木了。

原本我以自给自足、弥生式的生活方式为目标，但如今的社会中相比栽培，大家更重视"采集"。也就是说，可以确定，绳文式的生活方式更符合时代潮流。

现在是平成绳文时代。

开塾后的富良野塾风景，中央房子是排练场

舞台剧创作

　　到了三四期学生时，圆木小屋的搭建知识得以被传授，大家的技术有了显著进步。而在那之前，我们先搭建大房子的基础，屋内设备及屋顶铺设要借助专业人士的力量。学生们第一次全部靠自己的力量搭建成功的是摄影棚。依靠三期生、四期生的力量，建起了这座大房子。

　　排练场，自然是可以上演舞台剧的小屋，还有观众席。

　　一九八八年一月二十九日、三十日，《山谷沉睡着》作为剧场的开锣演出上演。年轻人们在荒芜沉睡的山谷里开拓着，与苦难搏斗，向着目标迈进。这是一部讲述了学生们生活学习的纪录片式舞台剧。

　　舞台剧的创作很开心。

我原来就是从剧团"伙伴"起步的，或许我和舞台剧很契合吧，感觉自己又回到了原点，而且……

剧本写了，被置之不理的可能性比较大。比起之后剧本几乎没人提及的电视剧、电影等影像编剧工作，花费近四十天的时间仔细推敲，自己可以直接上台演出的舞台剧创作，在心理上能给我更大的认同感。

因为一直没钱，所以从老东家日本广播协会那里继承了旧器材，从北海道文化放送那里得到了不用的照明器具等，我们就这样生活着，进行绳文式的极具模拟性的舞台创造。

一部戏演上几天，自己剧本的缺陷就渐渐地绽露了出来。

每天都要修订剧本，公演开始了，改稿仍在继续。想必配合我的那些演员都很辛苦吧。

我们长期应用广播手法、影像手法，对于习惯了电视剧节奏的观众，该如何让他们顺利接受呢？我们摸索着，不断进行实验。

地方公演，我也几乎都跟着，不断观察着观

众的反应。

"在街上走着，突然遇到一个很开心的男子。他说不定是刚看完一部好戏回家。"学生时代看到的那句季洛杜的话，经常盘桓在我脑海中。

创作以关停煤矿的小镇为题材的三部曲《昨日在悲别》《今日在悲别》《明日在悲别》时，我下至千米深的坑道，深夜与演员们一起潜入关闭了的上砂川煤矿住宅区废墟，在被大雪掩埋了的废屋中感受其气息，进行排练。

一个深夜，我们在那样一栋煤矿住宅的土间里，发现了被泥土掩埋的当年的生活片段：

爸爸，你辛苦了。
冰箱里有炒饭。

想必是妻子给深夜回家、在矿上上班的丈夫的留言吧。

面对这样让人感动的现场物件，我的心受到震撼，开始修订剧本。

《森林精灵》《奔跑》《屋顶》《寻找温蒂妮》《让地球亮起来!》《归国》《寒冬》,然后就是受到"311日本地震"的影响,去了趟福岛,创作的《夜曲》。

不管哪一部,与之前的电视剧相比,观众数量都是没法相提并论的。但对我来说,那是段充实的日子。

讲述了学生们生活学习的纪录片式舞台剧《山谷沉睡着》

原始之日

话说回来，我无法得知，学生们究竟能接收多少我的真意。

夜逃、私奔……发生了各种事件，尤其是持续了几期后，学生中各种不满的情绪日益高涨。

其中，为了学习戏剧而来的，为什么要在农田里干活？这些忘记了最初以"维持生计"为前提的后期学生心中的不满，既让人感觉悲伤又让人觉得可悲。

我觉得有必要尽可能让那些忘了初心的学生回忆起原点，哪怕忆起一点点也好，于是开始了名为"原始之日"的活动。

富良野塾的学习生活为期两年。作为后辈度过第一年，开春新生们到来后，又作为前辈度过一年。

入塾仪式在每年的四月六日。富良野还是冬天，有时还会下雪。

那一天二十四小时，接入山谷的电全部断了，电话自然也不通了，汽油也不允许使用，照明靠蜡烛，取暖只允许使用篝火和柴火炉。就这样让大家度过二十四小时。这就是原始之日的规则，不管发生怎样的情况都不能违背。要是冷，那就像第一期学生那样抱着烧过的石头睡觉。

这么做之后，第二天太阳出来时，我才意识到太阳的光和热究竟有多可贵。当我意识到自己完全忘记了这些时，不禁愕然。

甚至——

作为入塾的祝贺，我会给每位学生送一只活鸡，然后告诉他们杀鸡的方法，让所有人用自己的双手杀死鸡，并做出料理，作为当天的晚餐。我第一次公布这个计划时，遭到了年轻人的强烈反抗。

他们说：太残忍了。

他们怒吼道：开什么玩笑！

你们都吃肯德基吧？烤鸡肉串、鸡肉火锅也

都喜欢吧？那都是有人杀了鸡做的，你们早就吃过别人杀死的鸡。怎么能一边吃得欢，说着好吃好吃，一边又说杀死鸡很残忍呢？

断送生命，的确很残酷，让人不舒服，但是既然吃过鸡，又开心地夸好吃，那就必须了解杀死鸡的残酷性。如果觉得不舒服、感到内疚，那就向神明祈祷吧，不管是感恩还是谢罪，不管哪尊神明都可以，因为神明就是为这种时刻存在的。

年轻人们抽泣着，用刀割断鸡的颈动脉。

但是，燂毛的时候，他们马上又恢复了笑容。

我会想到这个仪式，还是因为来自《北国之恋》的经验。

《北国之恋》中拍摄、播放了好多次牛的生产过程，观众的评价很好，还成了话题。于是我有次建议，光播放生产的场景有点不公平，要不播放一段杀牛的场景吧，结果遭到了电视台的猛烈反对，最终没能成功拍摄。

他们说，要是放映了这种场景，抗议的电话会让电视台的线路瘫痪。

　　我说，这多不可思议啊，但还是没能说服他们。

　　大家坦然地吃着牛肉，还自以为是什么美食家呢。

学生们上课的场景

没有根的电视剧不成立

上课有时在户外进行。

尤其是严冬时期，在树林里围着篝火，为人数不多的编剧进行的"篝火讲座"很受好评。

我以周围的树林、巨木为题材，向他们传授电视剧技法。

被这棵树的美丽所吸引，就想把它从根本上砍伐，搬到自己的院子里。这样，树是绝对立不起来的。

树木有根，才能深深地扎在土地中，才能够保持稳定的姿态站立着。

电视剧也是一样。

没有根的电视剧不成立。

电视剧的"根"就是出场人物这些"枝""叶"，所谓从其根部吸收上来的营养成果。仔细描绘一个个出场人物，将其作为设定的根本，人物之间相互碰撞、纠缠，长出枝、叶，开花结果。

"树靠根立，但根不为人所见。"

我在传授他们这些的同时，内心也对写作的精髓一点点进行着整理，这对我自己的成长很有帮助。

例如《北国之恋》，有个场景是，主人公纯让少女玉子怀孕了，黑板五郎带着南瓜去找玉子的叔父（菅原文太饰演）道歉。在那个细节里，当叔父责问"诚意在哪里"时，五郎无言以对，低头弯腰，诚惶诚恐的。那时候为什么黑板五郎要带着南瓜去道歉呢？

其实，我有一份没公开的黑板五郎的履历表。

或许观众会从田中邦卫扮演的黑板五郎身上看到一个理想的父亲形象，但《北国之恋》资料馆里保有的黑板五郎的履历表，记载着他在青春时期有一段荒唐的过去。

高中时期的五郎，靠着那张脸与好几个高中女生纠缠着，而且每次都让对方怀孕了，还有个绰号叫"一发必中五郎"。

　　每当这样的事发生，五郎的父亲就带着他本人去对方家，低头弯腰谢罪。不知道为什么每次都恰逢南瓜成熟的季节，父亲经常是抱着自家种的南瓜前往对方家中，五郎的脑海中留下了痕印，前往怀孕受害者家中道歉的标志就是南瓜，于是他就带着南瓜去道歉了。我在心中是这么设定的，只是这种事情没必要写在剧本里，也没必要传递给观众。这就是所谓作家头脑中的私人秘事。如此善良的父亲五郎也有这么荒唐的过去，那么在描写遗传了这种基因的少年纯时，说他会遭遇这种不幸的事情也就没什么奇怪了，同时父亲对照自己的过去想必会觉得自己没有资格责备儿子，会在内心有些苦涩地回忆着这些。

　　打好根基，才有利于后续工作的展开。正因如此，我反复向学生们强调根基、根基。

　　根基，不仅限于时间上的履历，也常常涉及空间上的过去。

　　儿童时代居住的家的布局，或者成长环境周边一带的地图，我经常让学生们绘制。

　　这是我自己至今仍在使用的老套手段，无论

是回忆自己的过往，还是创作新的虚构作品，绘制地图都真的很有用。

例如，去往学校的道路。

一般去学校，如果喜欢的女孩子家在中途，就算绕远路，也会装作若无其事地走到那里。如果是霸凌者的家所在的路，自然会避开，脾气暴躁的老头家也必然会避免经过。就这样在路上认识了可爱的隔壁班小女孩，发展出温馨的恋爱，三十年后那女孩突然成了未亡人出现在眼前，于是又开启了电视剧新故事的萌芽。

根基就是电视剧的宝库。

其间发生了各种各样的事情，就这样过了四分之一个世纪。年轻人的性情发生了变化，想要学习的意志薄弱了，讲座上渐渐提不出问题了，应该有的疑问都提不出来。最后甚至有的年轻人来了，却既没看过我的电视剧，也没读过我的书。

渐渐地我感到了空虚，与他们相处也变得痛苦起来，二〇一〇年四月四日，富良野塾终于关闭了。一共招收过四百四十七人，毕业的大约有三百八十人，其中成为编剧或演员的大概占了三分之一。二十六年，九千四百九十五天。闭塾时我已经七十五岁了，一直持续辛苦着。不过得到了最多心灵财富的人想必是我吧。

闭塾没多久，我以毕业生为中心组织了"富良野GROUP"，用原创剧本定期进行舞台演出。还召集了大约十个活跃于行业中的往届毕业生，每年为他们进行几次特别讲座。

讲座的内容虽然和富良野塾时期一样，不过对于这些多年挣扎、苦斗的职业写手，讲座让他们眼前一亮。我晃着香槟酒杯说"快付学费"，一百日元的硬币叮当叮当地落了进来。

富良野塾闭塾仪式，仓本聪站在来自全国各地的学生前面，
向关照大家的各位嘉宾发表了闭塾宣言

富艮野自然塾

"富良野王子酒店关闭了高尔夫球场，那片地该怎么办好呢?"二〇〇四年夏天，西武铁道集团的负责人堤义明找我商议。我回答说"恢复森林就好了"，他同意道:"那也不错。"他也是一个热爱大自然的人。以此为契机，二〇〇六年，富良野自然塾成立了。

我和堤是麻布高中的同年级校友，在校时基本没有来往，一九七七年我来到富良野之后，我们才开始了交往。

我移住过来时，酒店已经开始伐林开垦，建设高尔夫球场，但此前那片美丽的森林一直保留在我心里。我思考着"森林再生的同时可以做点什么"，决定租借高尔夫球场北面六个洞，共三十四万平方米的土地。

自然、大地、地球……来到富良野之后，

我在许多"老师"的熏陶下，对环境问题的关心程度日益高涨。北海道大学名誉教授东三郎先生教给我树叶的作用：通过光合作用生产空气和水的是树叶，不种植树木，没有树叶，人类就没法生存。我们是依靠着大自然馈赠的"利息"生活的，却破坏大自然，对"本金"下手，我从阿伊努人那里听到了这样的警告。

最初我关注森林的契机是，开塾的第二年，富良野塾的生命线——山谷的泉水干涸了。

四十个人要生存下去，没有水是不可能的。山谷里自然不会通自来水，虽然有河流，但没法通下水道，也没法用作饮用水。

租借土地时，我听说这个山谷里从明治时期开始就有不断流的泉水，我在谷里四处探查，沿着河流在山崖中段发现了大量喷涌而出的泉水，我拜托市里的水质检查机关进行水质调查，确认是可以保证近两百人生活的优质水。于是我们从那个位置接管子引水，利用石头和沙子制作简单的净化装置，使用这泉水生活。

然而，到了第二年泉水枯竭了，不仅是山谷

里的水，连附近大约方圆四公里内的水井也全部枯竭了。

这引起了很大的骚动。

我们连日从六公里外的麓乡用塑料桶运水，紧急开挖水井，想方设法渡过难关。那么这次水源枯竭为什么会发生呢，我们思索着，想到了森林砍伐。

山谷的上游，前富良野岳山麓、贝贝如伊地区广袤的森林在数年间因农地改良几乎被全部砍伐了。

我与农林水产省的朋友沟通，却被质疑无法证明其因果关系，只好忍气吞声，就此作罢。

从这件事开始，我埋头研究森林与水的关系。

在那之前，我只是漫不经心地从文学角度理解森林，那时我才第一次意识到空气（氧气）和水，这些人类生命线的基础是靠森林支撑着的。

另一个改变了我人生观的重大转折也发生在那时候。

当时，我常去加拿大旅游，不是去城市而

是在大自然中到处转悠。有一次，我去了加拿大西北部，北纬五十多度太平洋上的夏洛特皇后群岛，我被那里迷住了，一连去了好几年。

那里几乎都是无人岛，是海达族印第安人的居留地，陆地上覆盖着远古时代的原始森林，完全没有路，只能在近海边逗留。黑潮末端冲刷着这片岛屿，雨林位于岛屿最北端。

海达族印第安人称这片土地为海达瓜伊（Haida Gwaii），意为海达之地，他们不允许这里被称为夏洛特皇后群岛。我与当地的长老，后来成为酋长的古乔成了好友。

和他的交流改变了我的自然观。多年以来，我和他带着帐篷，在岛上四处露营，成了肝胆相照的好友。我在帐篷边上听到他身为原住民发表的想法，一直回荡在我心里，像要渗进去似的。

海达瓜伊，原本是海达族印第安人的土地，有好几个村子。十九世纪，一艘英国船"夏洛特皇后号"来到这里，彻底改变了岛上的生活。英国人将天花患者扔在岛上，并随意地给这里起名为夏洛特皇后群岛。

原本健康的原住民村落瞬间蔓延起天花病毒，岛上逐渐荒无人烟，只留下几个废弃村落和图腾柱。

加拿大建国后，海达瓜伊成了加拿大的领地，但仅存的海达族原住民对此不以为然。因为不仅海达族人，原住民们本来就没有"土地所有"这种概念。

近年来，有木材公司注意到了那片岛屿上的原始森林，向国家提出了砍伐申请，并且拿到了许可证。

用电锯砍伐整片森林的工程开始了，海达居民们大吃一惊。

整片岛上都是远古的森林。那里有十三个人才勉强可以合抱住的巨树，苔藓覆盖整个地面，面积如同延伸至九州的屋久岛一般。整片的砍伐开始了。

虽然没有土地所有的概念，但对原住民们来说，有着代代先祖传承下来的"陷阱线"（可以设下陷阱的圈绳定界）。他们纷纷站了出来，阻挡工人进山。环境保护团体为他们做后盾，掀起了大规模抗议。古乔也被关进了牢里。

那次事件表面上看起来好像得到了解决，数年后，这片岛屿成了世界自然遗产。

森林茂密，河流中大马哈鱼成群结队地逆流而上。海洋资源丰富：海豚、虎鲸、贝，还有巨大的海藻类生物蔓延在海中，宛如海底森林，太平洋鲱在其间不停产卵。

那是我第一次看到真正的大自然。我们在无人的沙滩上，在巨大的浮木间搭建帐篷，一整晚围坐在小小的篝火边，我从古乔那里学到了原住民与大自然的相处之道和自然哲学。

这一切让我发生了巨大改变。

这种改变由内而外地发生在我身上。

环境教育

那么，该在宽广的球场上做些什么呢？我马上想到了环境教育。二〇〇三年，日本出台了一部环境教育推进法，多次在研讨会上被拿出来讨论。虽然被拿出来讨论，但结果令人失望，学者、专家只会说些复杂难懂的话，什么进展都没有。环境教育不是光说不练的"学习"，而是要思考和体验的。我去了这个领域中的先进国家德国考察，不过，一个人单打独斗是达不成目的的。我和已退休的前东京广播公司体育局长林原博光，还有富良野塾十三期学生、在广岛从事林业的斋藤典世一起开始了学习，并不断把老师、同伴拉进来。

花了一年半时间，确定了私塾理念，编写了作为教材用的剧本，利用高尔夫球场搭建了"绿色教室""裸足之路""地球之路"，还有"黑暗教室"等设施，二〇〇六年，自然塾开塾了。

活动终于开启。在"绿色教室"做完简单的讲座后，漫步在林中小道"裸足之路"，穿过"地球之路"，进行植树。

"地球之路"长四百六十米，置身其中可以感受四十六亿年的地球历史。岩浆爆发后地球上有了生命诞生，海洋生物爬上陆地，恐龙出现又灭亡。随着气候冷暖的反复交替，人类终于出现了。文明的兴盛是在路上的最后数毫米。

负责向导的是自然塾的六名工作人员。为了让观众切身体会到奇迹般诞生的美丽地球"不可替代"，我们还使用了戏剧手法。

初中生、高中生过来听课，带着孩子参加活动的人也不少，企业的研修活动也增加了。爱媛县今治市、京都府宫津市、北九州市、东京的立川市等地也开设了自然塾，在冈山，准备活动也在推进中。各地的指导员都在富良野接受研修培训。

我们种植的树木超过了五万棵。原来野生的有柳树、水曲柳、蒙古栎、七灶花楸、厚朴木兰、枫树、春榆、华东椴、刺楸、核桃树、桦树、鱼鳞云杉、冷杉……幼小的树木长出枝干，舒展枝叶，开花，开始散播种子。虾夷栗鼠、赤狐、日本貂、北海道梅花鹿、棕熊等都出现了，鸟儿的鸣叫声也日益热闹起来。

植树造林要花五十年的时间。等恢复到原来的森林时，我已经不在这个世上了，不过植物、动物的生命循环得以复苏，这让人开心。

欧洲曾经有人说过，真正的文明社会是"经济""环境""文化"这三大支柱如三脚架般相互支撑，形成完美平衡的社会。

如今的日本又如何呢？

大家只考虑经济，经济支柱突出，环境和文化这两个重要的支柱简直快要被压塌了。

但是，只要走过"地球之路"就会明白，人类自诞生至今，在全长四百六十米的"地球之路"上只不过是眼前的两厘米，至公元元年仅0.2毫米，而到了工业革命时仅0.02毫米。

另一方面，支撑起如今这个文明的石油燃料，其积蓄历史仅占二十米。那时候，地下贮藏的石油总量推算有二兆桶。工业革命以后短暂的岁月里就耗尽了八千亿桶，现在的残存量只有一兆两千亿桶了。

这就是学者的讲义。

以"桶"为单位，没有什么切身感受。那么我们就试着把这一兆两千亿桶与富士山的容积来对比一下。它相当于富士山的多少呢？

答案是它能填满富士山的七分之一。

用更加简单易懂的表述，就是填满三、四合目以上的部分，也就是冬季积雪覆盖的那部分。那就是全世界的储油罐。

据说，现在美国技术进步了，通过页岩气革命，增加了能源的埋藏量，不过预计也只占富士山一合目的五分之四。

环境直接关系着经济，文化也直接关系到经济、环境。不仅是我们惯常理解的艺术文化，科学、农业、绘画、文字，乃至认识森林的文化、编绳子的文化，这些文化混合在一起才形成了文明社会。

假如大多数日本人只是朝着"经济"一个方

向走，那么好吧，哪怕只有我一个人，也要把富良野这个小小的地方建设成三根支柱互相支撑的城市。

　　我觉得，这就是我居住在富良野的重要使命。

名优们

五十余年间，我一直创作着剧本。在这期间，我遇到了各种各样的演员。

也许是我早年在剧团待过的原因吧，我有种剧团专属编剧的感觉，这种意识一直没能摆脱。我爱着演员们，不管男演员还是女演员，我写剧本都像是给他们写情书，为此也必须爱上他们。所以，我还是任性地向电视台提出要求，在写剧本之前，要有一段与他们相处的时间，直至完全理解他们。

若尾文子女士，在写剧本前，我与她吃饭、喝茶，相处了一年半时间。

八千草薰女士，搞懂她，需要近一年的时间。

我与胜新太郎先生相处有十年以上，太过熟悉了，以至写不出来。

我要找出演员的缺点。只有抓住了缺点，放

大它，才能引出演员的个性。我经常寻求的就是
这一点。

所以，直接暴露出缺点的加贺麻理子、吉田
日出子、桃井薰等人很容易写，而不显露缺点的
完美明星就很难写。

我移居富良野之后，与他们的交往就淡了，
不过还是和一些演员保持电话联系。

时间流逝，我也年过八十了，周围的演员们
也陆陆续续去世了。

富良野车站前有座《北国之恋》资料馆，所
有参演了《北国之恋》的演员，照片都用相框装
裱着展示在那里。那些人一个接一个去世，去世
了馆方就在相框上系上黑丝带。

大友柳太朗、伊丹十三、笠智众、莱奥纳
德·熊、地井武男、大泷秀治、今井和子、室田
日出男、菅原文太、杉浦直树……

我们的时代渐渐远去了。

我的电视剧成为不少演员最后的作品。加东
大介先生、田中绢代女士，还有出演了以富良野

为舞台的《风之庭院》的绪形拳先生……

　　能和名优们呼吸相同的空气，是很幸福的。我与高仓健先生多次合作过电影、电视剧，《车站》的剧本于阿健二月十六日生日当天送给了他。他在生活方式上有着自己独特的美学，并顽固地将这种美学贯穿于表演。说不定沉默寡言的阿健读到下面的文字会从天国赶来训斥我"你这人真差劲啊"，不过我还是有很多事想写。

　　阿健不介意谈话中的沉默。我是话题一中断就不安，所以会说多余的话。我们经常去青山的咖啡馆"west"，有天喝完咖啡，我搭乘阿健返回饭仓事务所的车，坐在副驾驶座上，沉默的空气令人窒息，我不禁问了个蠢问题："你对女人感兴趣吗？"

　　阿健突然刹车，盯着我回答"是啊"。我慌了，慌忙间又问了一个蠢问题："你觉得女人哪里好？"又是沉默。等了十五分钟，阿健说："应该是柔软吧。"我松了一口气。"这样啊，是柔软啊。"对于那样奇怪地突然谄媚起来的自己，产生了浓浓的自我憎恶感。

　　阿健很诚实，想必他花了很长时间来寻找能准确表达自己想法的词语吧。他也是一个富有幽默感的人。

　　我还曾经问过他"你想怎样死"，长长的沉默之后，他说了起来："阿卡普尔科的海滨高级度假酒店停泊着许多船只，其中有一艘特别的巨大的游艇，是我的。"

　　"每天早晨，酒店的服务员用托盘将芝士蛋糕送到游艇上。那是从东京的 west 空运过来的。有天早晨，芝士蛋糕卡在喉咙里，我死了。"虽然现在他已经去世了，写出来有些无礼，但当时我不由得笑出声来。阿健，我好想再和你一起工作。

　　和日活签约的时候，我待在水之江泷子女士位于世田谷区的家中无所事事。那房子在石原裕次郎先生宅邸的院子里，洗完澡的阿裕晃晃悠悠过来了，从冰箱里拿出啤酒就喝。总之，他的身材很好，男人看到也会着迷。

　　他和我同年出生，但大明星和初出茅庐的编剧，身份还是不同的，我们不太交流。我移居札幌后，再次相遇喝酒时，他说："阿聪，写点文艺作品吧。"后来我为写作剧本，去了几趟阿裕在夏威夷的别墅与他碰头，但还没等到石原事务所的许可通知，他就于一九八七年去世了。一想到我直到最后都还没摸索出完整的裕次郎，就无比遗憾。

年长我四岁的胜新太郎先生，我充满敬意地称呼他"阿胜"。他出身传统艺能长歌三味线世家，是杵屋胜东治的次子，哥哥是若山富三郎。他是富有灵感和想象力的右脑派，这边说着话，头脑中就已经浮现出了影像画面。不过恕我冒昧，他那负责逻辑思考的左脑不怎么起作用。

他说："给我写点什么吧。"但我们的合作总是因为发生争论而中止。电视剧《小镇》就是如此。人气编剧不畅销了，隐居了起来，后来在周围人们的支持下又开始创作，我给阿胜写了这么一个剧本。

"没有动作戏啊。"阿胜说。没过多久他身体垮了，于一九九七年去世。后来杉浦直树先生主演的《小镇》获得了很高评价，但我是想让阿胜来演的啊。

写给"大人"的电视剧

　　没写出来的电视剧、电影、舞台剧有很多，不过想写在这一部分最后的还是《北国之恋》。连续剧完结后，截至二〇〇二年九月，特别篇播放了十一部，每部八集，持续了二十一年，是我的生命之作。虽然今后没有播映的计划，不过我在考虑继续创作剧本。

　　电视剧完结的二〇〇二年就有二百五十万人次的观光客造访富良野。一九七七年我移居富良野的时候，将户籍迁到了这里。我还在这片土地上买了要长眠的墓地。

　　《北国之恋》时期一起辛苦付出的富士电视台制片人中村敏夫于二〇一五年五月二十六日去世。他是我的战友，我称他为"阅读之道"的主人。制片人是剧本的第一读者，敏夫经常真挚而专注地阅读，为我的作品流泪、欢笑。不认真看的家伙，我要从他们手里把剧本拿回来，哗啦哗啦撕碎扔掉。唉，虽然只是表演，我的确曾用电话簿来练习撕剧本。敏夫是个很好的阅读者。为了让他满意，我拼命地写。

在他的葬礼上，我朗读了悼词，把电视剧的策划书放入棺中。我好想再和他合作一次，策划书里饱含着这种想法。同时，我还将建议书放入信封，交给富士电视台的相关人员。

我在建议书中提到，与晚间的黄金时段相对应，可以开辟晨间的"白银时段"，利用这个时间段制作优质电视剧。我们经历的电视黄金时代已经过去了，现在是格外低迷的时期。不变的是，电视剧固执地面向孩子和年轻人，没有给"大人"的电视剧。而白银时段的目标观众就是老年人。现在，有25%的日本人已经超过六十五岁了。他们早晨五点半至六点起床，直至八点前后没有什么事情可做。我就是这样的。在这个时间段里播映优质电视剧，一定有老人观看。这个时间太阳已经升起了，所以也不需要再花多余的电费。只要有人邀约，我可以鞭打自己这把老骨头创作剧本……

现在我的主场是舞台上。"富良野GROUP"的方方面面，剧本、演出等一切舞台剧表演的事情，都可以按我的想法进行。所以，我没有什么压力。

二〇一五年一月至三月，舞台剧《夜曲》在全国上演。那是我想为日本大地震和核电站事故的受害者们尽一份力而创作的舞台剧。

山岩碎裂变为石块，石块碎裂化为沙砾，沙砾化为尘土随风飘散，这就是风化。整个过程需要漫长得令人目眩的岁月，但现在我却感觉地震和事故的记忆都在逐渐风化，被人遗忘，于是我花时间去收集素材、创作剧本。

二〇一六年一月开始全国巡演的、修订过的《屋顶》，是关于大正时期移居富良野的一家人的故事。长子和次子战死，三子自杀。继承农业的儿子又离开了农业，在东京的公司里做忠诚的企业战士。老夫妇追赶不上大量生产、大量消费的风潮，他们将年幼孩子们不断扔弃的衣服撕碎，搓成绳子。老房子的屋顶注视着他们的身

为日本大地震和核电站事故的受害者们尽一份力
而创作的舞台剧《夜曲》

影。就是这么一部舞台剧。

我想以妻子的故事来收尾。她在数年前辞去了舞台剧演员的工作，或许是不想听到别人说丈夫的坏话吧，她最后都没有出现在电视里。我们没有孩子，所以抚养朋友的女儿作为养女。我们彼此都忙，没有太多面对面的时间。我们总是并排坐着，妻子是表演者，我是写作者，我们这样一直看着同样的事物。胡闹任性的我总是依赖着妻子。

从初见的季节开始，我们并排坐着，看着同样的事物，听着同样的故事，嗅到同样的气息，为同样的情节感动。然后，我们的生活就变成了这样。所谓夫妇，一定就是这样的吧。

第二部

仓本聪其人其事

谢鹰——译

仓本行动的背后，

从来都只有"创作好作品"的热情。

说他有真正意义上的职业意识也不为过。

从结果来说，

正是当时"去北方"的举动促成了《北

国之恋》的诞生，

促成了身为编剧，

同时也是剧作家、导演的仓本聪的诞生。

说出口后，我释然了

山田太一（编剧）

在仓本聪先生的"履历书"里，最浓墨重彩的一笔（起码算其中之一）大概是富士台《北国之恋》的大受欢迎吧。

彼时，我正在为东京广播公司创作《回忆制造》（一九八一）这部电视剧，播出期间，《北国之恋》也在同一时间档开播了，收视率眼看着越追越紧，最后《回忆制造》在一片提心吊胆中收官，所幸没有被甩开一大截（是这样吗？），但实际上差距可大了。《北国之恋》掀起了热潮，且在此之前，被大组织排挤的作者还孤独地"逃"往北方，呕心沥血创作了该剧，作品也因为这段故事而更加耀眼夺目。我好不甘心。虽然不甘心情有可原，可我并没有过度陷入这种情绪。毕竟受苦受难的编剧打了场翻身仗，作品也确实精彩。

后来，仓本聪先生开设了富良野塾。

成立没多久时，我去那里给学生们讲过一晚上的课。乘仓本聪先生的车从住处出发后，不一会儿便进入了一条密林包围的道路，驶出树林后，就是一片开阔明亮的土地，那里有一座结实的、约三间房大小（后来变得更大了）的圆木小屋（其实是漂亮的新建筑，可用作教室），里面有好些年轻的男女学生。

我被他一步一个脚印实现这些事情的行动力所折服。我呢，发泄自我的方式和他不同，所以没办法啊，我嘟囔着对学生们说了些没什么激励作用的话。

说到仓本聪先生的电视剧，里面的催泪手

法厉害极了。我不是讽刺。他会让人先产生"要来了，马上就要来了"的预感，接着就真的把人给惹哭了，而且一点儿都不落俗套。由于他的风格已经成型，所以别人的模仿很容易沦为东施效颦，想必学生们也挺辛苦的。

仓本聪先生的随笔也精彩极了。一个劲儿地夸赞好像显得我在敷衍，还是说点儿不讨喜的话吧，我很喜欢他年轻时候的作品《电视新话》《北人名录》。我怀念当年他充满了讽刺与笑料的书写。

不过，现在已经是仓本聪戏剧的时代了。

虽然没去富良野看过戏，但是东京的公演我几乎一场不落。无论是新国立剧场的公演，还是汐留、光之丘的公演，每次幕布落下，谢幕结束后，我就会马上前往大厅，因为我知道仓本聪先生有个习惯：他会出席每一场公演，并与回到大厅的观众进行交流。

可我就是见不着。那些急着跟仓本聪先生说话的人，早赶在我前面排起了队。拨开人群走过去有些不合适，但作为同行，让我老老实实地排队等几十分钟，心里又有些抵触，对方明明近在眼前，我却没见着面就回去了。特别是去年的《夜曲》，格外精彩，我觉得可以位列仓本聪戏剧榜的榜首了。我感到后悔，为什么就不能排队把这番话告诉他呢？前些日子，我终于在一场葬礼上见到了他。认真地把话说出口后，我释然了。

（二〇一六年二月）

仓本电视剧的魅力——围绕《北国之恋》

碓井广义（上智大学教授）

·《北国之恋》的震撼

它不像过去的任何一部电视剧，我不禁嘟哝了一句"这什么啊?!"。那是在一九八一年十月九日（星期五）的夜晚，我看完了富士台的连续剧《北国之恋》第一集。

这一天的晚上十点档，同时有三部电视剧播出，一部是上个月开播的山田太一编剧作品《回忆制造》（东京广播公司）；一部是藤田真主演、大家耳熟能详的《新·必杀仕事人》（朝日电视台）。二者都是由电视剧老手操刀的优秀作品，已经取得了高收视率。而《北国之恋》晚于它们入场，从各种方面来说，这都是一部"奇特"的电视剧。

　　拥有众多固定观众的《新·必杀仕事人》自不用说，《回忆制造》也在当时就引发了讨论。剧集讲述了正值适婚年龄的 24 岁女性在都市中迷茫挣扎，试图摆脱"平凡的日常生活"的故事。由森昌子、古手川祐子、田中裕子三人主演。其中出色的设定与主演精彩的对手戏，都跟两年后的大热作品《长不齐的苹果们》十分相似。值得一提的是，由编剧山田太一、导演鸭下信一、制片大山胜美组成的《长不齐的苹果们》班底，也同样是《回忆制造》采用的。

　　另一方面，《北国之恋》的主演是田中邦卫。六十年代至七十年代间，田中让人印象深刻的，是他在加山雄三的电影《若大将》系列、《无仁义之战》系列中出演的配角。当时说起电视剧的主角，想当然就得是大明星或者美男子，结果突然来了个"主演田中邦卫"，恐怕许多观众都感到疑惑不解吧。

　　而关键的故事也非同寻常，讲述了生活在东京的黑板五郎（田中邦卫饰）与妻子（石田良子饰）离婚后，带着孩子们（吉冈秀隆、中岛朋子饰）移居到故乡北海道的故事。他们即将入住的房子形同废宅，没水没电也没有天然气。第一集中，纯（吉冈秀隆饰）就向五郎抗议："没有电，没法生活啊。"接着还说："到了晚上，我们该怎么办？"而五郎的回答不仅震撼了纯，也震撼了包括我在内的观众。五郎说："到了晚上那就睡觉。"

事实上，这句台词正是《北国之恋》——这部后来延续了二十年的电视剧的"斗争宣言"。到了晚上就睡觉，这听起来理所当然，可是在八十年代初的日本，不，在那座叫"东京"的都市里，入夜了也不休息正变得寻常。"不夜城"出现了。

当时的人们从未想过泡沫经济的结局，他们相信不断增长的经济，被一派好景气冲昏了头。大家工作繁忙，繁华的街道到了深夜也依然灯火通明，挤满了喝酒、吃饭、唱歌等玩乐的人。与日本相反，美国正被经济萧条压得喘不过气，报纸上甚至登了一篇既是呐喊又是讽刺的文章，名叫《日本啊，快来占领美国！》。

在这样的时代背景下，却有一家人从都市移居到地方，开始了自给自足般的生活。这究竟是怎么回事？随着故事的发展，讶异的观众也逐渐被仓本聪创造的世界深深吸引，因为，剧中包含了他对当代日本人近乎愤怒的犀利批评与警告，而且传递着明确的信息。

我引用一下仓本聪本人的话吧。一九八二年一月电视剧还在播出的时候，他给当地的《北海道新闻》写了篇文章：

　　都市里充满了浪费，不劳而食的人越来越多了，一切都能用钱买到，人们连自己该做的事情都掏钱委托他人。没有营养的知识和信息四处泛滥，那些知道最多的人被奉为大神，人人心向往之，然而在这背后，人类代代相传的生存智慧、创造力正不知不觉地退化。这真的是文明吗？《北国之恋》的灵感就是来自这里。

八十年代各种问题接踵而至，甚至与现在息息相关。比如，在成为世界第一长寿国后，日本所面临的社会老龄化问题；地方人才流失的现象，造成了无法遏止的人口过少问题；什么都能用钱换算的经济优先观念；以随身听的流行为象征的个人化与社会胶囊化；等等。

不仅如此，"家庭"这个最小的集体单位，其概念也在发生变化。男性被公司派到外地甚至外国工作，妻子和孩子并不同往，仍留在原来的城市继续生活。这一现象变得寻常起来，父亲甚至被称作"大号垃圾"。另外，婚姻名存实亡的"家庭内离婚""家庭内暴力"等词汇也被人们广泛使用。《北国之恋》便是以这样的时代为背景，将观众潜意识里感受到的"家庭危机"与对重新开始的期盼，具化为一个透着苦涩的故事。

全二十四集的连续剧在一九八二年三月底播完后，《北国之恋》又以特别篇的形式一直延续到了二〇〇二年。这二十年间的故事描绘了逐渐长大的纯与萤，他们的学习、工作、恋爱与结婚，乃至离婚。原本虚构的角色，竟和饰演者共同呈现了真实的成长。观众就像与他们结伴而行一样，经历着相同的时代，一起长大、变老。这样的电视剧是空前绝后的。

•《北国之恋》以前

　　《北国之恋》堪称国民级电视剧，仓本聪的名字因此为普罗大众所熟悉，但在这之前，他就已经是一名卖座的编剧了。下面我想通过仓本聪的重要作品，追寻他一路以来的踪迹。

　　首先要说到的是《文五捕物绘图》（一九六七年，NHK 电视台）。该剧把松本清张的推理小说平移到了江户时期，讲述了侦探文五（杉良太郎饰）的英勇事迹。虽然有几位编剧同台竞技，但仓本聪写的《监视》单元，精彩程度不亚于野村芳太郎导演的电影。

　　此外，仓本聪创作了《我们的青春时代》（一九七〇年，日本电视台），原著是克罗宁的《青春的岁月》。主角是一位从医大研究所辞职后，研究风土病的青年医师（石坂浩二饰），但这也不是一部忠于原作的电视剧。因为仓本聪的创作方法是先用大脑消化完原作，再以自己的想法进行改编。这部电视剧只看得到原作的开头，剩下的故事都是直接让角色说出梗概，已经脱离了原作。尽管已属半部原创作品，但它比原作还要精彩，叫人无可指摘。

一九七一年，日本电视台的"周六大剧场"栏目播出了《二丁目三番地》，石坂浩二与浅丘琉璃子两位当红演员的首次合作一时成了话题。剧中开朗的妻子（浅丘琉璃子饰）经营了一家美容院，丈夫则是个不卖座的电视剧导演（石坂浩二饰），似乎挺享受"妻管严"。作品充满了都市的洒脱与幽默感，仓本聪与向田邦子、佐佐木守等知名编剧共同创作，并在其中担任了主笔。

在三年后的一九七四年，仓本聪接到了NHK大河剧《胜海舟》这个大项目，却在制作中途被撤换，转而去了札幌，展开了预想外的生活，如本书中所写。但我想特别指出的是，仓本行动的背后，从来都只有"创作好作品"的热情。说他有真正意义上的职业意识也不为过。

从结果来说，正是当时"去北方"的举动促成了《北国之恋》的诞生，促成了身为编剧，同时也是剧作家、导演的仓本聪的诞生。真是人生如戏。

　　是富士电视台的制片人找到了远走札幌的仓本聪，敦促他重拾编剧事业。于是便有了《六只海鸥》（一九七四至一九七五年）。

　　这部电视剧的背景设置在内部已四分五裂、只剩下六名成员的剧团"海鸥座"。故事通过他们与他们身边的人，彻底挖掘了电视界的"内幕"，从而在业内掀起了激烈的讨论。

　　实际上，该剧的大结局中有一段"经典台词"，如今已成为业界的一个传说。这一集的标题叫《再见，电视》。

　　《六只海鸥》"剧中剧"的背景，设定在当时算是近未来的一九八〇年，政府以防止民众智力水平下降为由（台词是"为防止进一步的白痴化"），向民众颁布了电视禁令，全面废除电视台。每家每户的电视机都被没收，就跟禁酒令时期全民禁酒一样。在这部"剧中剧"的最后，山崎努饰演的编剧借着醉意向镜头喊出了自己的心声。那些话，其实也是仓本聪本人的想法。

电视剧完蛋了！

电视剧将在电视史上永远腐朽，这不是挺好的吗！

……

但是啊，有一件事我必须说，

你！明明一直从事电视工作，

却并非真心热爱！

你！只知道把电视当摇钱树！

你！根本没想要改善，

却狂妄自大只知道批评！

你！还有你！你！

我要告诉你们！

不管过去多少年，

你们都不准缅怀电视。

那时候多好啊，

现在想想那时候的电视多有意思啊……

这种话千万别说。

你们没资格说这些。

有资格缅怀的，

是在当时那样的状况中，

热爱电视、

拼命奋斗的人。

还有各位观众——这些沉浸其中的人。

　　这是仓本聪在一九七五年发出的呐喊，包含了他对电视行业"不能再这样下去了"的强烈呼吁，同时也向电视从业者们发出了"别让我说出告别电视的话"的信息。后来，仓本在出版充满纪念意义的第一本随笔集时，将之取名为《再见，电视》。当年，仓本在"剧中剧"的双重结构中埋下了定时炸弹，如今距播出已过去了四十年，爆炸的倒计时仍在继续。

　　将据点正式移到北海道后，仓本写出了一部又一部杰作。比如《前略　致妈妈》（一九七五至一九七六年，日本电视台），《我家的本官》系列（一九七五至一九八一年，北海道放送），《梦幻之城》（一九七六年，北海道放送），《浮浪云》（一九七八年，朝日电视台），《如果爱》（一九七九年，东京广播公司）等。随后，以北方大地为舞台的长篇电视剧《北国之恋》，也即将开始。

（二〇一六年二月）

仓本聪年表

● **1935 年 0 岁**

1月1日，出生在东京的代代木。真实的生日其实是 1934 年 12 月 31 日。因为当时以虚岁计算年龄，出生的第二天仓本聪就会自动变成 2 岁，所以父母在登记户口时把生日改为 1 月 1 日。据说在那时，人们习惯对年底出生的孩子这么做。

本名山谷馨，为山谷太郎与山谷绫子的次子，家中共三儿两女。父亲山谷太郎经营着出版社"日新书院"，书籍均与自然科学有关。山谷太郎和中西悟堂等人成立了"日本野鸟协会"，他还是个专攻野鸟题材的俳人，俳号"山谷春潮"，于 1943 年 8 月 2 日出版了《野鸟岁时记》（日新书院，战后重版时更换了出版方）。

● **1939 年 4 岁**

举家搬迁至杉并区善福寺。

被父亲带着参加了日本野鸟协会的"探鸟会"。

1941 年 6 岁

4 月，进入丰岛师范学校附属国民学校（现东京学艺大学附属小金井小学）。

12 月 8 日❶，日本偷袭珍珠港，日美开战。

1944 年 9 岁

8 月，因学童疏散（集团疏散）政策，前往山形县的上山市。

1945 年 10 岁

4 月，因缘疏散到冈山县金光町。

在当地经历了 8 月 15 日的战败。于次年春天 3 月回到东京。

1947 年 12 岁

4 月，进入私立麻布中学。

1948 年 13 岁

初二，在麻布中学的校内杂志《言论》上发表了

---

❶ 珍珠港当地时间为 12 月 7 日。——编者注

处女作《流星》，是根据学童疏散时期的经历写作的原创小说。

1950 年 15 岁

4 月，直升私立麻布高中。此时在音乐社团练就的口琴成为特长之一。

1952 年 17 岁

父亲山谷太郎去世。

1953 年 18 岁

3 月，麻布高中毕业。高考失败，过了两年复读生活。沉迷于戏剧和电影，对戏剧创作萌生了兴趣。喜欢电影导演朱利安·杜维威尔（法国）和弗兰克·卡普拉（美国）的作品，戏剧方面则钟情于法国的让·季洛杜。国内剧作家中喜爱创作《竹取物语》的加藤道夫（1953 年自杀），加藤在著作《让·季洛杜的世界》（早川书房）中介绍过季洛杜《巴黎即兴剧》中的一节："在街上走着，突然遇到一个心情很好的人，他说不定是刚看完一部好戏回家。"这触动了仓本聪，他立志成为能够净化人心、"灵魂洗涤者"一样的剧作家。

● **1955 年 20 岁**

4 月,进入东京大学文学部。

在大学第一年的驹场祭上,出演了**戏剧处女作《云之涯》**。导演是后来的东映电影导演中岛贞夫。加入剧团"伙伴"的文学部,负责剧团报纸、公演场刊的编辑等工作。后来只顾着参加剧团,几乎很少去上课。被"伙伴"主导人中村俊一新颖的舞台导演风格深深地影响。

编剧出道作:广播剧《鹿火》(青森放送,播放日期不详)。使用笔名"伊吹仙之介",暗含剧作家易卜生的名字。"伙伴"外出巡演时,仓本聪为青森放送的这部广播剧写了剧本。广播剧时长三十分钟,故事以即将沉入水库的废弃村庄为舞台。

● **1957 年 22 岁**

大学第三年,放弃了法语学习,开始在东大的本乡校区专攻"文学部美学美术史专业"。从黑格尔美学的权威——竹内敏雄教授那里学习到亚里士多德的美学理念"审美无利害",这成了仓本聪的人生座右铭。

7 月,与中岛贞夫、村木良彦等美学专业的戏剧青年成立了"希腊悲剧研究会"。参与了建团公演剧《俄狄浦斯王》的剧本创作,中途却遭撤换。在中

岛等人的努力下，建团公演在 1958 年 6 月于日比
谷野外音乐堂举办，取得了名留日本戏剧史的空前
成功。第一次在现场观看"希腊悲剧"，观众席上
的仓本聪也深受震撼。

● **1959 年 24 岁**

广播剧《这个太阳》(1 月 22 日至 2 月 10 日，上
午 10 点 10 分至 10 点 30 分，每日放送，在关东
地区由东京广播电台播出，全 20 集) 于大学四年
级的冬天开播。原作是用三个笔名 (谷让次、林
不忘、牧逸马) 写作的小说家长谷川海太郎以
"牧逸马"为名发表的家庭小说。制作经费不多，
由大木民夫与加藤治子两人分饰所有角色，音乐
创作是中林淳真。
从东京大学文学部美学美术史专业毕业。意欲从
事电视剧方面的工作，但没能成功进入日本广播
协会、东京广播公司。通过富士电视台的入职考
试后，进入了旗下的日本放送，主要负责制作广
播剧。

● **1960 年 25 岁**

广播剧《永仁壶异闻》(11 月 25 日，日本放送)，
编剧：野上达雄，导演：山谷馨 (仓本聪)，将真

实发生的"永仁壶赝品事件"描绘得风趣又巧妙。

演员：小泽昭一。

● 1961 年 26 岁

4月6日，与剧团"伙伴"的女演员平木久子结婚。

广播剧《离开的蒸汽火车》（2月7日，日本放送，制片助理），编剧：安倍彻郎，演员：加藤武。

广播剧《总是在后门唱歌》（3月21日，日本放送，制片助理），编剧：寺山修司。这是寺山与日后的妻子、当时的女友九条映子共同出演的纪录片风格广播剧。仓本聪坦白，自己从中学到了虚构所无法效仿的写实表现。

广播剧《别叫了，大海》（8月27日，日本放送，导演），编剧：寺山修司。

电视剧出道作：《爸爸，起床啦》（日本电视台）。接受做广播剧时认识的编剧安倍彻郎的邀请，以"仓本聪"之名创作了第一部电视剧。1959年1月18日至1962年4月29日间，这部家庭喜剧于每周日上午10点30分开播，单集时长半小时，总共172集。演员：市村俊幸、寺岛信子、江木俊夫。编剧主笔为安倍彻郎，共同执笔的有上条逸雄、野末陈平、仓本聪。仓本家留存的最早一部作品，便是1961年7月23日播出的该剧第132集《市村号起航》的剧本。

电视剧《教授与次子》(1961 年 10 月 23 日至 1963 年 4 月 8 日,日本电视台,全 76 集),与安倍彻郎共同编剧。这部家庭剧围绕有岛一郎饰演的教授和坂本九饰演的成绩差但心地善良的次子这对父子展开。坂本九演唱的主题曲《我是家中的次子》也大受欢迎。

● **1963 年 28 岁**

从日本放送离职,成为独立编剧。

根据当时的流行语"摩登孩子"提出策划,与大津皓一、山田正弘、佐佐木守、斋藤耕一共同执笔**电视剧《现代之子》**(1963 年 4 月 1 日至 1964 年 4 月 6 日,晚上 7 点至 7 点 30 分,日本电视台,全 53 集),引发热潮,因此一举成名。该剧描绘了一个单亲妈妈家庭中,三个子女顽强生存的故事。饰演长子的铃木康志也是一名歌手,长女由中山千夏饰演,次子则是市川好郎。

仓本聪因为该剧而被水之江泷子注意到,从而与日活电影公司签约,从《学园广场》开始,为歌手兼演员舟木一夫、西乡辉彦等人主演的日活歌谣电影写过不少剧本,掀起了一阵热潮。

电视剧《小鬼头》(4 月 15 日至 9 月 30 日,晚上 8 点至 8 点 30 分,日本电视台,全 20 集),仓本聪与安倍彻郎联合编剧。演员:坂本九、加贺

麻里子、藤原釜足、石滨朗。这是一部严肃的青
春剧。

电影出道作：日活电影《现代之子》（7 月 28 日
上映），是电视剧《现代之子》的电影版。剧本由
仓本聪和引田功治共同创作，导演是才子中平康。
这是仓本聪作为电影编剧的首部作品。

舞台剧《地球发光吧》［剧团"伙伴"第 14 届儿
童剧场，7 月至 8 月，东京、横滨公演（日比谷、
艺术座等五个会场）］。导演：中村俊一，音乐：
今泉隆雄。1971 年至 1972 年在全国各地公演。

日活电影《学园广场》（12 月 15 日上映），仓本
聪和斋藤耕一合作编剧。导演：山崎德次郎，演
员：舟木一夫、山内贤、松原智惠子。这是歌手
兼演员舟木一夫出演的首部日活电影，一部率真
的青春校园片。

● **1964 年 29 岁**

电视动画《0 战隼人》（1 月 21 日至 10 月 27 日，
下午 6 点 15 分至 6 点 45 分，富士电视台，全 39
集），编剧：仓本聪、河野诠、若林藤吾。原作为
辻直树的人气漫画。这是仓本聪目前唯一的一部
动画作品，他还负责了主题曲的词作。

日活电影《星期一的由加》（3 月 4 日上映），原
作安川实。剧本由仓本聪和斋藤耕一共同创作。

导演：中平康，主演：加贺麻理子、中尾彬。一部体现年轻人文化的代表性作品。

东映京都电影《女忍者忍法》（10月3日上映），原作是山田风太郎的同名作品。这是大学同学中岛贞夫执导的第一部电影作品，仓本聪参与了剧本的共同创作。演员：野川由美子、中原早苗。该作以成人片的形式上映，成为"东映粉红电影"的先驱作品。

东映京都电影《女忍者化妆》（12月12日上映），编剧：仓本聪、中岛贞夫、金子武郎，导演：中岛贞夫，演员：露口茂、西村晃、春川真澄。作品以搞笑而色情的风格，讲述了女忍者们与好色的男忍者间的战斗。

电视剧《你能够戒烟》（4月25日，晚上9点30分至10点30分），原作为推理小说家哈伯特·勃宁的实用类畅销书，由仓本聪、山崎忠昭负责改编。演员：太刀川宽、宏美山田、池部良、森光子。

● **1965年30岁**

电视剧《与千子一起》（2月1日至10月11日，晚上9点30分至10点，日本电视台，全36集），编剧：仓本聪等，演员：本间千代子、中村伸郎、水户光子、安井昌二。糅合了校园剧与家庭剧。

日活电影《北国之街》（3月20日上映），原作：富岛健夫《雪的记忆》，导演：柳濑观，演员：舟木一夫、山内贤、和泉雅子。故事发生在新潟一个盛产丝织品的小镇，是一部描写高中生友情与纯真爱情的青春浪漫电影。

电视剧《母亲 六个女孩》（8月12日，晚上9点至9点30分，东京广播公司），演员：望月优子。关于广岛核爆炸的家庭故事。

电视剧《胜海舟》（1965年10月1日至1966年3月11日，晚上10点至10点30分，每日放送制作，朝日电视台播出，全23集），原作：子母泽宽，编剧：中岛贞夫、仓本聪，演员：江原真二郎、千秋实、藤（富司）纯子、樱町弘子。描写了胜海舟的青春岁月。

电视剧《青春是什么》（1965年10月24日至1966年11月13日，晚上8点至8点56分，日本电视台，全41集），编剧：井手俊郎、须崎胜弥、浅川清道、仓本聪，演员：夏木阳介、藤山阳子、加东大介、十朱久雄。这部开山之作，为后来东宝（日本电视台）大热的系列青春校园剧打下了基础。

电视剧《赛车手》（1965年11月9日至1966年2月1日，晚上7点至7点30分，日本电视台），编剧：仓本聪、佐佐木守，演员：铃木康志、长谷川明男。这是两名青年立志成为一流赛车手的成长故事。

● **1966 年 31 岁**

东映京都电影《旗本黑帮》(3 月 10 日上映)，编
剧：仓本聪、中岛贞夫，演员：大川桥藏、藤
(富司) 纯子。中岛贞夫执导的第三部作品。负责
音乐的山本直纯与仓本聪在广播剧时代就有过合
作，他们在中岛导演的第二部作品中再次共事。
这部古装片配上了现代流行音乐，以炒热画面
气氛。

日活电影《归来的狼》(5 月 11 日上映)，编剧：
仓本聪、明日贡，导演：西村昭五郎，演员：山
内贤、翁倩玉。作品以大海为舞台，描绘了无视
社会秩序、行为叛逆的年轻人群体。

日活电影《想化为泪水》(5 月 18 日上映)，编剧：
仓本聪、石森史郎，导演：森永健次郎，演员：
西乡辉彦、松原智惠子、山本阳子。这是由西乡
辉彦主演的青春歌谣电影。

电视剧《千姬》(6 月 2 日至 10 月 13 日，晚上 9
点至 9 点 30 分，全 20 集，每日放送制作，朝日
电视台播出)，原作：圆地文子《千姬春秋记》，
演员：藤村志保、本乡功次郎、藤间紫、南悠子。
讲述了千姬跌宕起伏的一生。

日活电影《再见泪水》(7 月 30 日上映)，编剧：
仓本聪、明日贡，导演：西村昭五郎，演员：山
内贤、翁倩玉。讲述了混血儿朱莉（翁倩玉饰）

的父亲在美国去世后，她来到日本找寻下落不明的日本母亲。

日活电影《也许是我的错》（7月30日上映），导演：松尾昭典，编剧：仓本聪、长广明，演员：吉永小百合、淡岛千景、滨田光夫。电影改编自森村桂的同名处女作，是一本关于求职奋斗的随笔集。

日活电影《天伦泪》（8月27日上映），原作：石森史郎，编剧：仓本聪，导演：森永健次郎，演员：西乡辉彦、川地民夫、松原智惠子、汪玲。根据西乡辉彦的热门歌曲改编的浪漫大片，特意去中国台湾拍摄了外景。《眼帘里的妈妈》❶ 一般的故事加上战争悲剧的背景，剧情动人心弦。

电视剧《这就是青春》（1966年11月20日至1967年10月22日，晚上8点至8点56分，日本电视台，全39集），编剧：须崎胜弥、仓本聪等，导演：高濑昌弘，演员：龙雷太、西村晃、泽村贞子、藤山阳子、冈田可爱。

电视剧《我的母亲》（1966年10月4日至1967年3月28日，晚上9点至9点30分，日本电视台，全26集），原作：井上靖《白风红云》，编剧：池田一朗、北村笃子、仓本聪，演员：池内淳子、

---

❶ 《眼帘里的妈妈》：长谷川伸的戏剧作品。——译者注

中村勘九郎（第五代）、十朱幸代、川崎敬三。

日活电影《祐纪子小姐》（12 月 3 日上映），演员：
和泉雅子、笠智众，原作：盐田良平《祐纪子》。
此为导演锻冶升执导的首部作品，一部被埋没的
日本影史佳作，深受仓本聪资深粉丝的喜爱。

电视剧《圆床故事》（12 月 31 日，晚上 9 点 30
分至 10 点 30 分，日本电视台），演员：有岛一
郎、河内桃子。讲述了夫妻二人因抽中一张豪华
圆床而引发的一系列故事。

● **1967 年 32 岁**

日活电影《北国旅情》（1 月 3 日上映），原作：
石坂洋次郎《冬山的幻想》，导演：西河克己，编
剧：仓本聪、山田信夫，演员：舟木一夫、十朱
幸代。讲述了一个发生在日本北方的纯美爱情
故事。

日活电影《向阳的坡路》（3 月 25 日上映），导演：
西河克己，编剧：池田一郎、仓本聪，演员：渡
哲也、十朱幸代。日活翻拍了石原裕次郎主演的
同名大热电影（1958 年），主演是被冠以"裕次
郎二代"之名的渡哲也。

电视剧《文五捕物绘图》（1967 年 4 月 7 日至 1968
年 10 月 11 日，晚上 8 点至 9 点，NHK，全 73 集），
原作：松本清张，导演：和田勉等，编剧：杉山

义法、仓本聪、佐佐木守等，演员：杉良太郎、露口茂，音乐：富田勋。据说是当时最能激发仓本聪创作热情的一部作品。该剧对松本清张的多篇小说进行改编，加以原创，讲述了在江户天保年间的神田明神地区，"神田侦探文五"解破疑难案件的英勇故事。

日活电影《你年轻的时候》（6月3日上映），导演：斋藤武市，编剧：山田信夫、仓本聪、加藤隆之助，演员：吉永小百合、山本圭。描写一位采访原宿年轻人的女导演的青春，作品对新闻报道的现状提出了质疑。

日活电影《蜘蛛乐队奋不顾身大作战》（8月26日上映），导演：斋藤武市，编剧：仓本聪、才贺明，演员：蜘蛛乐队、山内贤、松原智惠子。这是一部荒唐的喜剧，片中蜘蛛乐队的七名成员坚持以一条直线奔到心爱女子的身边。

电视剧《太阳小子》（1967年11月18日至1968年4月20日，晚上8点至8点56分，日本电视台，全23集），编剧：须崎胜弥、樱井康裕、仓本聪，演员：夏木阳介、北原真纪、藤木悠、水岛道太郎。这是凭借青春校园剧走红的夏木阳介主演的"牧场"青春故事。

● **1968 年 33 岁**

日活电影**《间谍七人组的大进攻》**（1 月 3 日上映），导演：中平康，编剧：伊奈洸、仓本聪，演员：蜘蛛乐队、和泉雅子、真理安奴。这是蜘蛛乐队主演的第二部作品，一部融合了悬疑与动作戏的喜剧。

电视剧**《一代电影人》**（4 月 4 日至 9 月 26 日，晚上 8 点至 8 点 56 分，每日放送，全 26 集），演员：长门裕之、南田洋子、浪花千荣子、月形龙之介、中村玉绪、津川雅彦。讲述了电影大师牧野省三的一生，由他的孙子长门裕之饰演。

电视剧**《五重塔》**（4 月 9 日，晚上 10 点至 11 点，每日放送），导演：濑木宏康，演员：小池朝雄、南原宏治、柳川庆子、小泽沙季子、寺田农。为系列节目《电视文学馆：日本人观名作》中的一集，改编自幸田露伴的《五重塔》。

电视剧**《恋恋不舍》**（6 月 20 日至 8 月 8 日，晚上 9 点 30 分至 10 点 26 分，日本电视台，全 8 集），原作：山崎以津子，导演：早川恒夫，演员：森光子、梓英子、荒木道子、小栗一也、黑柳彻子。这是一部改编自山崎以津子的《九谷之肌》《女之炎》，由森光子主演的女性题材电视剧。大量的旁白在仓本聪的剧中并不多见，配音为市原悦子。

东京电影**《昭和元禄 TOKYO196×年》**（10 月 23

日上映，东宝发行），导演：恩地日出夫，演员：伊丹十三、桥本功、庄司肇、吉田未来。昭和元禄时代，在繁华热闹的东京，"越战"归来的记者（伊丹十三饰）见证了一场少男少女间转瞬即逝的纯真爱情。仓本聪以敏锐的笔触截取了时代的切面，是为社会派电视剧中的精品。

电视剧《鸭子的学校》（1968 年 10 月 29 日至 1969 年 9 月 30 日，晚上 8 点至 9 点，NHK，全 46 集），编剧：阪田宽夫、仓本聪，原作：阿川弘之，演员：芦田伸介、十朱幸代、加贺麻理子、津田京子。仓本聪和原作者阿川弘之因此结下了深厚的友谊。

● **1969 年 34 岁**

日活电影《青春之钟》（1 月 11 日上映），导演：锻冶升，演员：舟木一夫、松原智惠子。这是舟木一夫在日活出演的最后一部歌谣电影（后来在松竹拍了两部）。家教老师（舟木一夫饰）把只会死读书的学生带出家门，在外面快乐地玩耍……故事传递出仓本聪"智慧比知识更重要"的观念。

电视剧《无谓攻守》（1 月 16 日至 4 月 10 日，晚上 9 点至 9 点 30 分，东京广播公司，全 13 集），编剧：向田邦子、仓本聪，导演：久世光彦，演员：浅丘琉璃子、高桥悦史、堺正章。七名男女赖在主角父亲留下的旧医院里不肯离去，为了赶走他们，主角与之展开一场攻守战。

电视剧《小狗与小麻》（5月13日至9月30日，晚上9点至9点56分，朝日电视台），编剧：仓本聪、千叶茂树、松山威，演员：和泉雅子、中山千夏、千秋实、八千草薰，原作：阿川弘之。

《台风与石榴》（7月5日至9月27日，晚上9点30分至10点26分，日本电视台，全13集），演员：松原智惠子、石坂浩二、绪形拳。这是改编自石坂洋次郎原作的青春剧。

● **1970年35岁**

电视剧《我的家1970》（1月2日至3月27日，晚上9点至9点30分，东京广播公司，全13集），导演：大山胜美，演员：坂本九、八千草薰、加贺麻理子、冈崎友纪。该剧诙谐地展现了因辈分代沟而苦恼的一家人。

电视剧《我们的青春时代》（2月16日至4月6日，晚上9点至9点56分，日本电视台，全8集），演员：石坂浩二、樫山文枝、家本信夫、入川保则。描写了专注研究传染病的医学部助手与支持他的女学生之间的爱情。

电视剧《砂之城》（8月17日至21日，晚上9点至9点30分，NHK，全5集），原作：弗雷德·卡萨科《连锁反应》，改编：仓本聪，导演：村上慧，演员：目黑祐树、松冈纪子、藤村俊二、藤冈重庆。该剧以讽刺的风格，描写了一名青年为出人头地而计划谋杀上司过程中的内心感受。

电视剧《你见过大海吗》（8 月 31 日至 10 月 19 日，晚上 9 点至 9 点 56 分，日本电视台，全 8 集），演员：平干二朗、山本善朗、姿美千子、野际阳子。关于埋头工作的父亲如何面对身患绝症的独生子。

电视剧《芦田伸介剧场·男人们的布鲁斯》（10 月 7 日至 12 月 30 日，晚上 9 点 30 分至 10 点 26 分，读卖电视台），原作：生岛治郎，演员：芦田伸介。

● 1971 年 36 岁

电视剧《二丁目三番地》（1 月 2 日至 3 月 27 日，晚上 9 点 30 分至 10 点 26 分，日本电视台，全 13 集），导演：石桥冠，编剧：仓本聪等，演员：石坂浩二、浅丘琉璃子、森光子。这是一部家庭喜剧，讲述了高收入美容师与丈夫之间发生的种种"事件"。

电视剧《回首泪河～一首情歌》（1 月 10 日至 4 月 4 日，晚上 9 点 30 分至 10 点 26 分，读卖电视台，全 13 集），原作：五木宽之，演员：芦田伸介、中尾彬、谷口香、松本克平、佐藤庆。该剧讲述了音乐界的内幕故事。

电视剧《光芒中的大海》（4月26日至7月12日，晚上9点至9点56分，日本电视台，大映电视厅，全12集），演员：船越英二、白川由美、山本亘、八代顺子。该剧以被家人疏远的老人为主角，探讨了安乐死。

大映东京电影《你见过大海吗》（5月5日上映），导演：井上芳夫，演员：天地茂。此为仓本聪编剧的同名电视剧的电影版，由仓本聪本人改编。儿童角色的演员跟电视剧版一样，都是山本善郎。

电视剧《船灯》（8月14日，晚上10点10分至11点40分，NHK），原作：阿川弘之，演员：芦田伸介、奈良冈朋子、八千草薰、高桥昌也。曾是海军的作家终日纠结于只有自己幸存下来的事实，剧作讲述了他与妻子间的爱情。

电视剧《冬之华》（9月2日至12月9日，晚上10点至10点56分，东京广播公司，全15集），监制：木下惠介，演员：青井辉彦、大谷直子、中山麻理、芦田伸介。该剧讲述反抗父亲的儿子是如何逐渐认同了父亲，为"木下惠介·人类之歌系列"的第五部作品。

电视剧"东芝周日剧场"《阿良》（9月26日，晚上9点30分至10点26分，中部日本放送），演员：八千草薰、内藤武敏、大出俊、露口茂。故事以幕末时期的江户长屋为舞台，刻画了一名妻子被逃犯劫持为人质后的心理变化。该剧荣获日本民间放送联盟奖最优秀奖。

电视剧《挽歌》（11 月 1 日至 5 日，晚上 9 点至 9 点 30 分，NHK，全 5 集），原作：原田康子，导演：和田勉，演员：木村夏江、小山明子、佐藤庆、中村敦夫。讲述发生在雾城钏路的戏剧少女与中年建筑师的爱情故事。

● 1972 年 37 岁

电视剧《三丁目四番地》（1 月 8 日至 4 月 8 日，晚上 9 点 30 分至 10 点 26 分，日本电视台，全 14 集），导演：石桥冠，演员：森光子、浅丘琉璃子、岚宽寿郎、石坂浩二。这是《二丁目三番地》的续集。

电视剧"东芝周日剧场"《气球升起时》（1 月 30 日，晚上 9 点 30 分至 10 点 26 分，北海道放送），导演：守分寿男，演员：堺正俊、南田洋子、原知佐子、高桥昌也。讲述了负责在札幌冬奥会开幕式上放飞气球的幕后工作人员悲喜交织的故事。该剧荣获日本民间放送联盟奖最优秀奖。

电视剧"周三剧场"《冰壁》（4 月 5 日至 5 月 3 日，晚上 8 点至 9 点，NHK，全 5 集），原作：井上靖，导演：中山三雄，演员：司叶子、森雅之、原田

芳雄、伊藤雄之助。故事发生在冬日的深山里，
这是一部关于救生绳索切断事件与男女情感纠葛
的悬疑剧。

电视剧"东芝周日剧场"《在平户》（4月23日，
晚上9点30分至10点26分，RKB每日放送），
演员：八千草薰、绪形拳、根岸明美、笠智众。
讲述因丈夫出轨而伤心透顶的妻子，独自前往度
蜜月的回忆之地——平户旅行。

电视剧《早安》（7月5日至10月25日，晚上9
点30分至10点26分，东京广播公司，全17集），
编剧：向田邦子、仓本聪，导演：久世光彦，演
员：若尾文子、大桥巨泉、堺正章、中村玩右卫
门。在专卖早餐的大众食堂里，一句句"早安"
开启了轻松愉快的人际关系。

电视剧《红胡子》（1972年10月13日至1973
年9月28日，晚上8点至9点，NHK，全49
集），编剧：仓本聪、石堂淑朗，原作：山本周五
郎《红胡子诊疗谭》，演员：小林桂树、青井辉
彦、黑泽年男、滨木绵子。小石川诊所里有一位
充满人情味的名医红胡子，以及从长崎回来的青
年医生。红胡子"不完美"的人物塑造体现了仓
本聪的个人特色。

电视剧《父亲》（10月22日，晚上9点30分至
10点25分，东京广播公司），演员：伴淳三郎、
泽田雅美、松山英太郎、光枝明彦。描绘了一个

为广播剧制作音效的工作狂的生活百态。

电视剧"东芝周日剧场"《田园交响曲》（10月29日，晚上9点30分至10点25分，北海道放送），原作：安德烈·纪德，导演：守分寿男，演员：木村功、仁科明子（亚季子）、山本亘、久我美子。故事讲述了无依无靠的盲人少女在手术后见到了光明，她眼里看到的，却是人世间的自私自利。

电视剧《发条时钟》（11月4日，晚上10点30分至11点30分，NHK），演员：佐野周二、青井辉彦、乙羽信子。描写了儿子和妻子面对家中男主人退休时的心情。该剧荣获艺术祭最优秀奖。

● **1973年38岁**

电视剧"周二女性剧场"《玻璃之屋》（2月13日至3月27日，晚上10点至10点55分，日本电视台，全7集），导演：恩地日出夫，演员：岸田今日子、高桥昌也、小山渚、大门正明。这是一部悬疑剧，描写一个家庭在儿子遭绑架后的分崩离析。

电视剧"东芝周日剧场"《祇园花见小路》（3月11日，晚上9点30分至10点25分，中部日本放送），演员：奈良冈朋子、萩原健一、七尾伶子、八千草薰。讲述勤王时代，一对支持幕府的夫妻自杀以后，对他们心怀同情的女子被卷入了事件之中。该剧荣获日本民间放送联盟奖。

电视剧"闲散的信卫兵"《大闹道场》（1973 年 10 月 4 日至 1974 年 9 月 26 日，晚上 9 点至 9 点 55 分，富士电视台，全 50 集），原作：山本周五郎《人情里长屋》，编剧：仓本聪、土井行夫、飞鸟广志（原名鸟居元宏）等，演员：高桥英树、滨木绵子。该剧描写了住在长屋的浪人与居民间的人情故事，颇具"落语"❶ 风格。

电视剧"周五剧场"《白影》（7 月 13 日至 10 月 12 日，晚上 10 点至 10 点 55 分，东京广播公司，全 14 集），原作：渡边淳一《无影灯》，编剧：仓本聪、大津皓一、尾中洋一，导演：高桥一郎，演员：田宫二郎、山本阳子、中野良子、中山麻里、竹下景子。关于忧郁温柔的外科医生和他身边的四名女性。

电视剧"东芝周日剧场"《挽曳》（9 月 30 日，晚上 9 点 30 分至 10 点 25 分，北海道放送），导演：守分寿男，演员：小林桂树、八千草薰、中村梅雀、大泷秀治。讲述了小地方的公务员因为上了年纪，对挽曳赛马产生了兴趣。

---

❶ 落语：单口相声。日本曲艺演出的一种，以诙谐的语句加上动作，以及有趣的结尾使观众发笑。——编者注

电视剧"东芝周日剧场"《圣夜》（12 月 16 日，晚上 9 点至 9 点 55 分，北海道放送），演员：小仓一郎、仁科明子（亚季子）、伴淳三郎、金田龙之介。圣诞夜里，在札幌工作的年轻人本应与恋人共度良宵，却遭遇了一起悲剧。

● **1974 年 39 岁**

母亲绫子去世。

电视剧《胜海舟》（1 月 6 日至 12 月 29 日，晚上 8 点至 8 点 45 分，NHK，全 52 集），编剧：仓本聪、中泽昭二，原作：子母泽宽，演员：渡哲也、尾上松绿、久我美子、大谷直子。该剧展现了见证德川三百年政权落幕的胜海舟的人生。主演渡哲也因病退出后，换为松方弘树。其间出现种种问题，仓本聪本人也在中途被撤换。该剧成了仓本聪人生的转折点。

在执笔大河剧《胜海舟》的过程中与 NHK 产生矛盾。6 月，"逃往"北海道的札幌。

电视剧"东芝周日剧场"《昂首挺胸》（9 月 8 日，晚上 9 点至 9 点 55 分，北海道放送），导演：守分寿男，演员：田中绢代、渡濑恒彦、小栗一也、大泷秀治。描写老母亲与儿子在去养老院的路上发生的故事。

电视剧《六只海鸥》（1974 年 10 月 5 日至 1975

年 3 月 29 日，晚上 10 点至 10 点 55 分，富士电视台，全 26 集），原作：仓本聪，编剧：石川俊子（仓本聪），导演：富永卓二，演员：淡岛千景、高桥英树、夏纯子、长门裕之、加东大介、栗田裕美。讲述在只剩下六名成员的剧团"海鸥座"里，经纪人（加东大介饰）奋斗的故事。中条静夫在其中饰演电视台部长，人物塑造得精彩绝伦。该剧荣获银河奖。

舞台剧《红胡子》（剧团民艺公演，11 月 18 日至 21 日，东横剧场公演 4 场），导演：宇野重吉，演员：宇野重吉、宫阪将嘉、大泷秀治（饰演红胡子）、米仓齐加年、日色友惠。仓本聪曾创作 NHK 的电视剧《红胡子》，此次挑战了舞台剧版本。

● 1975 年 40 岁

电视剧"东芝周日剧场"《啊！新世界》（2 月 2 日，晚上 9 点至 9 点 55 分，北海道放送），演员：堺正俊、南田洋子、藤原釜足、山本麟一。讲述了一名公务员受托在德沃夏克的《新世界交响曲》中负责全曲仅敲响一次的铜钹，描绘了其内心的悲哀。该剧荣获银河奖。

电视剧"东芝周日剧场"《我家的本官》（5 月 18 日，晚上 9 点至 9 点 55 分，北海道放送），导演：甫喜本宏，演员：大泷秀治、八千草薰、仁科明子（亚季子）、藤冈弘。小乡镇森町的驻守警员一直以本地零事故的纪录为傲，故事就讲述了他与家人的日常生活。有一天，这里有人看到了UFO……这是以北海道乡村为舞台的人气系列剧第一部，荣获每日艺术奖、艺术选奖文部大臣奖。

电视剧《只对你说晚安》（7月26日至9月27日，晚上9点至9点55分，富士电视台，全10集），演员：若尾文子、藤田真、仁科明子（亚季子）、岸田今日子。讲述了一个男人在妻子过世后，在屋顶上守望亡妻。

电视剧《前略　致妈妈》（1975年10月17日至1976年4月9日，晚上9点至9点55分，日本电视台，全26集），导演：田中知己等，演员：萩原健一、梅宫辰夫、桃井薰、坂口良子、丘光子。在东京深川的一家老字号料理店里，厨师学徒阿三（萩原健一饰）被卷入一连串小事。小健（萩原健一的昵称）、饰演"可怕小海"的桃井薰、梅宫辰夫、室田日出男、川谷拓三等人，令该剧在编、导、演上相得益彰，荣获金箭奖、每日艺术奖、艺术选奖文部大臣奖。

电视剧"东芝周日剧场"《全力加油》（10月19日，晚上9点至9点55分，北海道放送），导演：守分寿男，演员：大泷秀治、八千草薰、仁科明子（亚季子）、小栗一也。"本官"系列的第二部，舞台转移至支笏湖。

著作《只对你说晚安　星星世界的夕子》（立风书房），电视剧《只对你说晚安》的小说版。

● **1976 年 41 岁**

电视剧《大都会》（1 月 6 日至 8 月 3 日，晚上 9 点至 9 点 54 分，日本电视台，石原制作，全 31 集），编剧：仓本聪、斋藤怜等，导演：小泽启一，演员：石原裕次郎、渡哲也、仁科明子（亚季子）、宍户锭。仓本聪刑警剧代表作。《大都会》系列在第二部以后更偏向动作片，因此有了后来的《西部警察》❶，但是由仓本聪主笔的第一部是以人与人之间的关系为中心，描绘爱与友谊、成功与挫折等的"人间剧"。

电视剧《再会～故乡寒风起》（2 月 2 日至 2 月 27 日，下午 1 点 30 分至 1 点 55 分，日本电视台，全 20 集），编剧：仓本聪、高际和雄，演员：中村玉绪、睦五郎。这是一部悬疑剧，讲述了与刑警再婚的女性被卷入了前夫引发的事件。

---

❶ 《西部警察》和《大都会》都由石原裕次郎和渡哲也主演，由石原裕次郎的公司"石原制作"推出。——编者注

电视剧"东芝周日剧场第 1000 集纪念作品"《梦幻之城》（2 月 8 日，晚上 9 点至 9 点 55 分，北海道放送），导演：守分寿男，演员：笠智众、田中绢代、桃井薰、北岛三郎。一对夫妻从萨哈林岛的霍尔姆斯克撤离后，制作了一份关于那里的地图，两人因这份地图与小樽的居民展开了交流。仓本聪作为北岛三郎的替身以背影出镜。该剧荣获艺术祭优秀奖、艺术选奖文部大臣奖。

电视剧"东芝周日剧场"《叹息的本官》（7 月 11 日，晚上 9 点至 9 点 55 分，北海道放送），演员：大泷秀治、八千草薰、仁科明子（亚季子）、室田日出男。"本官"系列第三部，描绘了本官得知女儿的男友是上司刑事科长后复杂的心情。

电视剧《前略　致妈妈 2》（1976 年 10 月 15 日至 1977 年 4 月 1 日，晚上 9 点至 9 点 54 分，日本电视台），演员：萩原健一、八千草薰、梅宫辰夫、桃井薰。这是高人气同名老街区人情剧的续集。住在藏王的母亲（田中绢代饰）总是令阿三担心不已，该剧描绘了她的离世。

电视剧"东芝周日剧场"《一个人》（11 月 14 日，晚上 9 点至 9 点 55 分，北海道放送），导演：守分寿男，演员：船越英二、大原丽子、山内明。主人公是一个痴迷溪流垂钓的男子，年过半百的他即将退休。凝视着河流时，过去的记忆浮现在他脑海里。

著作《仓本聪电视剧集 1　我家的本官》（PEP 出版），剧本集。

● **1977 年 42 岁**

从札幌搬至富良野。

电视剧"东芝周日剧场"《冬日的本官》（3 月 13 日，晚上 9 点至 9 点 55 分，北海道放送），演员：大泷秀治、八千草薰、仁科明子（亚季子）、室田日出男。第四部中的本官要嫁女儿了。

电视剧《家兄》（10 月 7 日至 12 月 30 日，晚上 10 点至 10 点 55 分，东京广播公司，全 13 集），导演：井下靖央，演员：高仓健、秋吉久美子、倍赏千惠子、田中邦卫、大原丽子。这是由影星高仓健主演的电视剧，他饰演了一位总为妹妹操心的大哥，展现出与此前银幕形象截然不同的全新魅力。

电视剧"东芝周日剧场"《时钟》（11 月 13 日，晚上 9 点至 9 点 54 分，北海道放送），演员：渡濑恒彦、弗兰克堺。住在拓荒小屋里的女子，身边出现了一名杀妻男和两名追杀者。外景在日高拍摄，再现了北海道开荒时期的严峻环境。

著作《仓本聪电视剧集 2　前略　致妈妈》（PEP 出版），剧本集。

著作《家兄》（冬树社），剧本集。

● **1978 年 43 岁**

电视剧《浮浪云》（4 月 2 日至 9 月 10 日，晚上
8 点至 8 点 54 分，朝日电视台，全 20 集），原作：
乔治·秋山，导演：近藤久也，演员：渡哲也、
桃井薰、伊藤洋一、谷启、笠智众。故事围绕自
由潇洒的浮浪云（渡哲也饰）和妻子龟女（桃井
薰饰）、独生子新之助（伊藤洋一饰）展开，是一
部发生在幕末时期的家庭喜剧。

东映电影《冬之华》（6 月 17 日上映），导演：降
旗康男，演员：高仓健、池上季实子、池部良，
音乐：克劳德·希亚里。高仓健版"长腿叔叔"
的故事，其饰演的角色在暗中守望着自己杀害之
人的女儿。该片令模式化的东映任侠电影❶ 有了
新突破。

电视剧"东芝周日剧场"《秋日香料》（8 月 13 日，
晚上 9 点至 9 点 54 分，北海道放送），导演：长
沼修，演员：大泷秀治、大空真弓、伊藤洋一、
松井信子、笠智众。关于夫妻之情的故事，丈夫
是札幌气象局的天气预报员，而妻子热衷于香料
协会的工作。

---

❶　任侠电影：日本的一种电影类型，始于东映电影《人生剧场飞车
角》，往往以具有侠义精神的帮会成员或武士为主人公。——译者注

电视剧《寻找坂部银》（10 月 5 日，晚上 10 点至 11 点，读卖电视台），演员：笠智众、佐藤织江、梅宫辰夫。描写了昭和初期创作默片杰作《坂部银的青春》的老编剧，他年轻时曾饱含热情地写作剧本。其原型是名片《国士无双》的编剧伊势野重任。

电视剧《刑警七人　再见了，札幌》（10 月 20 日，晚上 8 点至 8 点 55 分，东京广播公司），演员：芦田伸介、佐藤英夫。仓本聪执笔了这部人气刑警剧的第 23 集。

东宝电影《蓝色圣诞节》（11 月 23 日上映），导演：冈本喜八，演员：仲代达矢、胜野洋、竹下景子、冲雅也。目击过 UFO 的人，血液会变蓝。为了人类的存续，特殊部队受命消灭蓝血人，可队员冲（胜野洋饰）的女友（竹下景子饰）血液也是蓝色的。全球同时执行灭绝蓝血人计划的日期定在了圣诞夜——这部政治虚构片，借科幻讲述了因肤色、民族、宗教、思想不同而被压迫消灭的弃民的悲剧。

纪录片"NHK 周五特辑"《高仓健·北纪行～再见，道产马》（12 月 22 日，晚上 8 点至 8 点 50 分，NHK），统筹：仓本聪，演员：高仓健。

著作《再见，电视》（冬树社），随笔集。

著作《蓝色圣诞节》（青也书店），剧本。

● **1979 年 44 岁**

电视剧《一年之始》（1 月 5 日，晚上 9 点 40 分至 10 点 40 分，NHK），演员：弗兰克堺、八千草薰。销售员夫妻在新年之际去上司家拜访，故事描写了二人的心酸悲伤。制作这部新春剧的不是和仓本聪吵架闹掰的 NHK 东京台，而是大阪台。

电视剧《如果爱》（1 月 11 日至 4 月 5 日，晚上 10 点至 10 点 55 分，东京广播公司，全 13 集），导演：井下靖央，演员：大原丽子、原田芳雄、津川雅彦、荒木一郎。故事讲述了一位做深夜广播的人气 DJ 九条冬子身边的爱恨纠葛。主题曲《迷茫的暮色》也俘获了一众歌迷。

电视剧《一年》（札幌电视放送成立 20 周年特别纪念节目，2 月 18 日，下午 3 点 45 分至 5 点 10 分，札幌电视台；全国播出时间为 3 月 17 日，下午 1 点至 2 点 25 分），音乐：松山千春《季节之中》，演员为真实的高中生。这是一部纪录片风格的电视剧，工作人员通过画面剪辑，把高中生真实的日常影像做成了故事。比如拍摄坐电车上学的男女生时，先单独拍摄了一些普通的上学风景，再从中截取"他抬起头""她的特写""她（注意到对方视线后）抬起头""他（慌忙）别过头去"这四个镜头，就能表现出高中生纯真的初恋。追求影像表现可能性的仓本聪富有"实验精神"，搭配松山千春的名曲，共同造就了这部作品。

电视剧《庆典结束时》（4月16日至8月27日，晚上10点至10点54分，朝日电视台，全20集），编剧：仓本聪、金子成人，导演：藤原英一，演员：桃井薰、竹胁无我、萩尾碧凛、久我美子。桃井完美演绎了以玛丽莲·梦露为原型的戏剧化女主角，故事展现了她的生与死。

电视剧"东芝周日剧场"《遥远的绘本1、2》（8月12日、19日，晚上9点至9点55分，北海道放送），导演：守分寿男，演员：八千草薰、池部良、下元勉、樱睦子。北海道放送制作的首部外国取景的作品。讲述在遇到住在阿拉斯加的前女友（八千草薰饰）后，男主角内心的动摇，作品借此探寻故乡的意义。

● **1980年 45岁**

广播剧特别节目《熊风暴》（4月6日，晚上7点至9点，东京广播公司），原作：吉村昭，演员：高仓健、倍赏千惠子、笠智众，导演：林原博光等。将北海道历史上的"三毛别熊袭击事件"改编成广播剧，仅靠声音来表现潜伏在黑暗中的恐怖野熊，令不少听众战栗。

电视剧《阿龙再见》（7月23日至9月10日，晚上10点至10点55分，每日放送，全8集），导演：濑木宏康，演员：岩下志麻、绪形拳、池部良、铃木瑞穗。讲述了 39 岁的大龄单身女性阿龙在一家公司里担任秘书，而这家公司被卷入了一桩疑案。

电视剧《机之声》（8 月 30 日，晚上 10 点至 11 点 30 分，日本电视台），导演：河野和平，演员：森繁久弥、大竹忍、北林谷荣、笠智众。《24 小时电视》[1] 的特别电视剧，借日本最长寿的老奶奶来探讨"什么是老人福利"的问题。该剧荣获日本民间放送联盟奖优秀奖。

著作《电视新话》（文艺春秋），随笔集。

1981 年 46 岁

电视剧"东芝周日剧场"《本官的雪中方阵》（3 月 22 日，晚上 9 点至 9 点 55 分，北海道放送），导演：长沼修，演员：大泷秀治、八千草薰、大久保正信、铃木光枝。这是"本官"系列的第五部，对狂风暴雪的展现十分精彩。

《北国之恋》系列开播。电视剧《北国之恋》（1981 年 10 月 9 日至 1982 年 3 月 26 日，晚上 10 点至 10 点 54 分，富士电视台，全 24 集），导演：杉

---

[1]《24 小时电视》：日本电视台自 1978 年起每年 8 月下旬星期六至星期日播映的大型慈善节目。——译者注

田成道、富永卓二、山田良明，演员：田中邦卫、吉冈秀隆、中岛朋子、竹下景子、大泷秀治、岩城滉一、原田美枝子、石田良子。仓本聪的电视剧代表作，讲述父亲带一双儿女从东京搬到北海道后，开始了贫困却能从中感知到幸福的"贫幸生活"。

在仓本聪成为富良野人的四年里，他经历了许多与人、物、自然、气候有关的"感动"，而这些感动都被浓缩在《北国之恋》的第一部中，并借东京出生的少年——纯给惠子的信件娓娓道出。播完后紧随而来的重播掀起了热潮，自此大概每三年就会播出一部特别篇，最后一部于 2002 年播出，堪称超人气的系列电视剧。荣获电视大奖，剧本获山本有三纪念"路旁之石"文学奖。

东宝电影《车站》（11 月 7 日上映），导演：降旗康男，演员：高仓健、倍赏千惠子、石田良子。这是仓本聪专为高仓健创作的电影，还给剧本系上了丝带直接交予高仓健本人。该片荣获电影旬报、每日电影大奖赛、日本学院奖最佳编剧奖。

电视剧"东芝周日剧场"《本官大吃一惊》（12 月 27 日，晚上 9 点至 9 点 55 分，北海道放送），导演：长沼修，演员：大泷秀治、八千草薰、上条恒彦、藤谷美和子。本官系列的最后一部（第六部）。以北海道的厚田村为背景，本官在调查海港发生的一起小型盗窃案时，发现了居民悲伤的故事。

著作《北国之恋·前后篇》（讲谈社），剧本。原本剧本只能摆在书店里的"戏剧 / 戏曲"专区，但在出版方与书店谈成平分收益后，加之电视剧大火，这套剧本的发行成了特例。

● **1982 年 47 岁**

电视剧《玻璃的智慧圆环》（5 月 26 日至 6 月 30 日，晚上 10 点至 10 点 55 分，每日放送，全 6 集），导演：濑木宏康，演员：萩原健一、大竹忍、儿岛美雪、火野正平。小丑装扮的广告人偶然听到了清纯女演员的"私密"电话。饰演阿八的萩原健一呈现了出彩的小丑扮相。

电视剧《你见过大海吗》（10 月 15 日至 12 月 24 日，晚上 10 点至 10 点 54 分，富士电视台，全 11 集），导演：杉田成道，演员：萩原健一、伊藤兰、柴俊夫、六浦诚、高桥惠子。翻拍自 1970 年的同名电视剧，将之前 8 集的内容扩充到 11 集，深入刻画了每个角色的内心。新增剧情中，在海上工作的、像"企业战士"一样的父亲，不仅疑惑"我让孩子们见过大海吗"，更是发出了"我自己又真的见过大海吗"的深刻质问，这正是翻拍版的灵魂所在。

著作《你见过大海吗》（理论社），剧本。

著作《我们的青春时代》（理论社），剧本。

著作《北人名录》（新潮社，后改为新潮文库），随笔集，关于仓本聪在富良野遇到的一群奇特伙伴，书中收录了他们的逸事。

● 1983 年 48 岁

开办富良野塾：租下富良野市西布礼别区域心和农场所有的土地，用来开办富良野塾。

电视剧《北国之恋：1983 冬天》（3 月 24 日，晚上 8 点 2 分至 9 点 48 分，富士电视台），导演：杉田成道，演员：田中邦卫、吉冈秀隆、中岛朋子、竹下景子。讲述了朋友们为解决五郎的负债问题而四处奔走，是《北国之恋》的第一部特别篇，展现了山村浓厚的人情味。

电视剧《波之盆》（11 月 15 日，晚上 9 点 2 分至 10 点 54 分，日本电视台），导演：实相寺昭雄，演员：笠智众、加藤治子、石田惠理、伊东四朗。这部佳作探寻了一户移民夏威夷的日裔家庭在战争中经历的历史，同时着眼于"故乡日本"，荣获艺术祭大奖。

著作《北国之恋：1983 冬天》（理论社），剧本。

著作《新版电视新话》（文艺春秋），随笔集，收录了有关电视的滑稽故事。

著作《仓本聪作品集》全三十卷开始发行（至 1985 年）。完整收录了仓本聪的代表性电视剧作品，是仓本聪剧迷、研究者必备的大合集。

● **1984 年 49 岁**

富良野塾第一期学生入学。

电视剧《昨日在悲别》（3 月 9 日至 6 月 1 日，晚上 9 点至 9 点 54 分，日本电视台，全 13 集），导演：石桥冠等，演员：天宫良、梨本谦次郎、布施博、石田惠理。故事发生在北海道一个架空的产煤小镇"悲别"，当地出生的年轻人上演了如青春涂鸦般的故事。那些忘记故乡、去东京追求梦想的年轻人，最后还是回到了故乡温暖的怀抱。

电视剧《北国之恋：1984 夏天》（9 月 27 日，晚上 8 点 2 分至 9 点 48 分，富士电视台），导演：杉田成道，演员：田中邦卫、竹下景子、吉冈秀隆、中岛朋子。纯（吉冈饰）因为烧掉了小木屋而感到自责，家人却选择原谅了他，故事描绘了温暖亲情，是《北国之恋》的第二部特别篇。

电视剧"东芝周日剧场"《迟到的圣诞老人》（12 月 30 日，晚上 9 点至 9 点 54 分，北海道放送），演员：石田良子、平田满、三木则平。圣诞老人每年都会来到小镇，当记者（平田饰）把此事写成报道后，却引发了小小的骚动。

著作《昨日在悲别》（理论社），剧本。

著作《音乐常在》（文艺春秋），关于音乐回忆的
随笔集。

著作《北国之恋：1984 夏天》，剧本。

● **1985 年 50 岁**

纪录片"NHK 特辑"《仓本聪的森林与老人·北
海道富良野》（6 月 9 日，晚上 9 点至 9 点 45 分，
NHK 札幌台），记录了东大实验林的"泥龟先
生"——东大名誉教授高桥延清的生活。仓本聪
也参演了纪录片，并负责撰文朗读。

舞台剧和舞台剧录像转播《昨日在悲别》（11 月 4
日于札幌厚生年金会馆公演，录像播出时间为 11
月 23 日凌晨 0 点 15 分至 2 点 25 分，札幌电视台）。
电视剧《昨日在悲别》播完后，在"煤矿镇青年
协会"的委托下被改编成舞台音乐剧。演员与电
视剧版相同，在上砂川町、芦别、夕张、札幌四
地举办公演，博得一众好评。

纪录片"9 点钟"《来自悲别！我们的庆典》（12
月 2 日，晚上 9 点至 9 点 54 分，札幌电视台）。

著作《森林精灵》（理论社），半纪录片式的文学
作品，关于传说中的森林居民"森林精灵"。

● **1986 年 51 岁**

荣获山路文子电影奖。

舞台剧《昨日在悲别》，1 月 5 日至 31 日，东京博品馆剧场公演第 37 场。

广播剧《森林精灵》（3 月 23 日，晚上 8 点至 9 点，东京广播公司）。

电视剧《咖喱饭》（4 月 3 日至 6 月 26 日，晚上 10 点至 10 点 54 分，富士电视台，全 13 集），导演：杉田成道，演员：时任三郎、藤谷美和子、阵内孝则、中井贵一。三位高中相识的好友，受学长邀请去加拿大开咖喱饭馆。剧中，中井贵一的角色在加拿大努力修建小木屋，那种禁欲克己的生活状态很有魅力。

纪录片《回来吧森林　富良野森林节》（8 月 30 日，下午 4 点至 4 点 55 分，北海道文化放送），记录了 8 月 6 日举办的富良野森林节。片中由仓本聪作词、宇崎龙童作曲的《回来吧森林》朗朗上口，是一首当之无愧的名曲。

电影《时钟》（10 月 10 日上映，富士电视台制作，日本 HERALD 电影发行），演员：石田良子、中岛朋子。这是到目前为止，仓本聪执导的唯一一部电影。作品以纪录片的手法，展现了立志参加奥运会的滑雪少女与母亲间的关系。仓本聪用胶片记录下中岛朋子在现实中练习花样滑雪的样子，以及从"少女"成长为"女性"的时间流逝感，制作出一部充满真实感的电影。发售的录影带《仓本聪与伙伴们——〈时钟〉幕后》则是一部记录了仓本聪辛勤工作的珍贵作品，粉丝不容错过。

著作《咖喱饭》（理论社），剧本。

著作《时钟》（理论社），剧本与幕后制作记录。

著作《冬眠的森林　北人名录·第二部》（新潮社），《北人名录》的续篇。

● 1987 年 52 岁

电视剧《北国之恋：1987 初恋》（3 月 27 日，晚上 9 点 3 分至 11 点 22 分，富士电视台），演员：田中邦卫、吉冈秀隆、中岛朋子、竹下景子、横山惠。即将升入高中的纯与心动的少女（横山饰）经历了初恋和分别。当纯踏上东京的旅途时，手里拿的是"一沓沾着父亲手上泥土的一万日元"。该剧荣获小学馆文学奖、银河奖大奖。

电视剧"周二悬疑剧场"《窗》（9 月 22 日，晚上 9 点 2 分至 10 点 51 分，日本电视台），导演：石桥冠，演员：山城新伍、松方弘树、夏木麻里、儿岛美雪。这是一部悬疑剧，一名上班族企图偷拍上司偷情以恐吓对方。结果上司的情人惨遭谋杀，上班族反而受人威胁。

电视剧《秋天的剧本》（11 月 6 日，晚上 9 点至

10 点 54 分，日本电视台），导演：石桥冠，演员：
浅丘琉璃子、千叶真一、樋口可南子、藤田弓子。
厌倦丈夫的普通主妇进入了演艺圈，通过经纪人
的工作，她逐渐找回了对丈夫的爱。其中，刚出
道的新人演员是富良野塾的学生。

短剧《昭和除夕夜·第九》（12 月 31 日，晚上 6
点 30 分至 11 点 45 分，富士电视台），这是《5
小时直播剧 1987 年的除夕夜》中的一个节目，本
身是时长约 15 分钟的短剧。剧情部分采用"直
播"表演。主角（田中邦卫饰）是个被债主（北
野武饰）讨债的父亲，这部小品佳作展现了他和
女儿间张力十足的攻守战。

著作《北国之恋：1987 初恋》（理论社），剧本。

● **1988 年 53 岁**

舞台剧《沉睡的山谷》首演。这部里程碑式的作
品，以纪录片风格展现了草创时期的富良野塾。
为庆祝富良野塾排练场的建成，1 月举办了 2 场
公演。2 月，富良野追加公演 9 场。4 月，札幌、
名古屋公演 10 场。

东宝电影《沙海勇士》（5 月 18 日上映），导演：
藏原惟缮，演员：高仓健、樱田淳子。这部超级
大片聚焦于挑战巴黎至达喀尔拉力赛的男人和深
爱他们的女人，展现了他们之间的浪漫故事与爱

恨情仇。

纪录片"富良野塾纪录片"《迟来的青年》（仓本聪监创，5月21日，下午2点35分至3点50分，北海道文化放送）。本片记录了富良野塾的草创期，更是把镜头对准了修筑摄影棚的第三、四期学生。其中还记录了舞台剧《沉睡的山谷》首演的情形。

著作《沉睡的山谷　富良野塾的记录》（理论社），记录富良野塾创立历程的非虚构作品。

著作《沙海勇士》（理论社），剧本。

● **1989 年 54 岁**

舞台剧《沉睡的山谷》1月至2月全国巡演40场。

电视剧《北国之恋：1989 归乡》（3月31日，晚上9点4分至11点45分，富士电视台），导演：杉田成道，演员：田中邦卫、吉冈秀隆、中岛朋子、竹下景子。关于萤（中岛饰）的初恋和因为东京打人事件而回到故乡的纯（吉冈饰），以及守护着他们二人的五郎（田中饰）。展现了富良野市麓乡在 1989 年的模样。

电视剧《大猩猩·警视厅搜查第 8 组》（1989 年4月2日至1990年4月8日，晚上8点至8点54分，朝日电视台，石原制作，全46集，监修第36至38集，及第40集的剧本），编剧：峯尾基三等，导演：小泽启一，演员：渡哲也、馆博、神田正辉、仲村亨。警视厅的特殊警队"大猩猩"持有杀人许可。从《大都会》之后，"石原制作"就在浮夸的动作类电视剧上越走越远，其间推出了《西部警察》等作品，这次找来仓本聪监修剧本是为了重现"人间剧"。馆博饰演的刑警即使身患绝症也依然坚持追查犯人，这样的精神让人感觉剧情不会停留在简单的打斗上。来自富良野塾的编剧们负责了多集剧本。

纪录片《卫星工作室　来自北方的信息·富良野塾》（7月30日至8月5日，上午10点至下午2点，NHK东京BS2台）。该片聚焦富良野塾，公开记录了仓本聪的编剧工作和他对环境保护的态度。仓本聪还打破NHK与民间电视台的壁垒，在NHK播放了由他编剧的经典电视剧。另外，由于卫星电视尚未普及，当时是通过无线电视播出了以下节目：**《1989年夏·来自北方的信息1　森林音乐会》**（8月24日，凌晨0点17分至1点58分，NHK札幌台），**《1989年夏·来自北方的信息2　回来吧森林》**（8月24日，晚上7点30分至8点45分，NHK札幌台），**《1989年夏·来自北方的信息3　富良野向全球发送》**（8月25日，凌晨0点17分至2点58分，NHK札幌台）。

纪录片《1989年电视前沿北海道·自然特别节目·北方森林诞生的歌曲·仓本聪、小室等》（11

月 20 日，晚上 7 点 30 分至 8 点 45 分，NHK 札幌台）。该片记录了民谣歌手小室等和仓本聪一同创作与森林有关歌曲的过程。

著作《北国之恋：1989 归乡》（理论社），剧本。

著作《北国之恋：剧本 1981 ～ 1989》（理论社），从《北国之恋》第一部到"归乡篇"的剧本合辑。

● 1990 年 55 岁

电视剧《〈河流在哭泣〉系列·街道》[1 月 4 日至 25 日，晚上 9 点至 9 点 54 分（只有第 1 集在 9 点至 10 点 54 分播出），朝日电视台，全 4 集]，导演：雨宫望，演员：石田良子、岩城滉一、东干久、横山惠。只要医院里一死人，丧葬公司就比谁都出现得快。该剧展现了医院和丧葬公司的勾结，以及围绕"葬礼"的争夺战。

纪录片《仓本聪的世界 行走的老人：富良野塾平成 2 年冬》（3 月 17 日，下午 2 点至 3 点，北海道放送）。为了学习富良野的历史，富良野塾的学生来到养老院进行采访。仓本聪将目光放在了一名默默行走于冬日道路的老人身上。

电视剧"特别篇"《失去的时光》（3 月 23 日，晚上 9 点 3 分至 11 点 20 分，富士电视台），导演：杉田成道，演员：中井贵一、绪形拳、乡裕美、倍赏千惠子。仓本聪根据亲身经历的学童疏散生

活，描绘了那个时代的日本人。该剧荣获银河奖
电视部门大奖、放送文化基金电视剧奖励奖儿童
特别奖、日本民间放送联盟奖、节目部门最优
秀奖。

舞台剧《今日在悲别》首演。这是《昨日在悲别》
的姐妹篇。描绘煤矿镇封山后，不舍告别的年轻
人们。3月，富良野塾排练场公演1场。

电视剧《小心火烛》（7月7日至9月29日，晚
上9点至9点54分，日本电视台，全11集），
导演：吉野洋，演员：石桥贵明、木梨宪武、后
藤久美子、桃井薰。展现了发生在老街区一家老
字号店里的大骚动。主演隧道二人组❶自称是仓
本聪的粉丝，但有评论者认为两人的能力还撑不
起仓本剧作的写实风格。

电影《回来》（10月20日东京上映，10月27日
札幌上映），总指挥、编剧、导演、主演：膽量石
松。膽量石松的拳击电影。仓本聪负责剧本原案。
著作《失去的时光》（理论社），剧本。
著作《小心火烛》（理论社），剧本。

● **1991年56岁**

舞台剧《今日在悲别》：1月至2月，北海道、关

---

❶ 隧道二人组：石桥贵明与木梨宪武组成的搞笑二人组。——译者注

西、中部公演 21 场。

电视剧《文五捕物绘图·男坂界隈》（3 月 26 日，晚上 7 点至 8 点 54 分，日本电视台），导演：吉田启一郎，演员：中村桥之助、寺尾聪、森次晃嗣、若林豪。翻拍自名作《男坂界隈》。鱼店老板的儿子为报杀父之仇杀死了武士家的三儿子，随后逃之天天。侦探文五在追捕犯人的过程中，也感受到了阶级社会的悲哀。

电视剧"周二悬疑剧场"《玻璃之屋》（5 月 7 日，晚上 9 点 3 分至 10 点 52 分，日本电视台），编剧：饭野阳子，原作：仓本聪，导演：石桥冠，演员：石田良子、药丸裕英、村上里佳子、伊东四朗。翻拍自 1973 年播出的仓本聪同名作品，由富良野塾毕业的编剧饭野阳子负责。

广播剧《今日在悲别》（12 月 31 日，晚上 7 点30 分至 9 点，日本放送）。

著作《来自左岸》（理论社），20 世纪 80 年代的随笔集。

● **1992 年 57 岁**

舞台剧《今日在悲别》：1 月至 3 月，全国公演64 场。播出舞台剧录像《〈今日在悲别〉1992 年东京公演》（4 月 25 日，晚上 10 点至 12 点 10 分，WOWOW）。6 月，加拿大、美国纽约公演 16 场。

电视剧《北国之恋：1992自立》（前篇5月22日，晚上9点4分至11点22分；后篇5月23日，晚上9点4分至11点54分，富士电视台），导演：杉田成道，演员：田中邦卫、吉冈秀隆、中岛朋子、石田良子。长大后的孩子们离开了父亲五郎的身边，于是他独自一人生活在富良野。在故事的高潮，五郎被倒塌的建材压住，生命岌岌可危，他挣扎求生的样子深深打动了观众。该剧荣获日本民间放送联盟最优秀奖。

纪录片《悲别，去纽约：富良野塾海外公演的30天》（9月15日，上午10点至11点30分，北海道文化放送），深度记录了《今日在悲别》在加拿大与美国纽约的公演过程。

广播剧《北国之恋》（10月19日至10月23日，晚上8点至9点，日本放送），剧本统筹：吉田纪子（富良野塾第二期学生）。

著作《北国之恋：1992自立》（理论社），剧本。

● **1993年58岁**

与环保意识强烈的作家同行们共同成立了"CCC（Creative Conservation Club）自然与文化创造会议／工厂"，以议长的身份推行植树与自然保护的宣传活动。

舞台剧《森林精灵》首演。传说住在森林中的

"森林精灵"会对砍伐森林的人发出警告。既有听从警告的人，也有不听的人，故事就围绕这二者的对立与纠葛展开。成立富良野塾以后，仓本聪始终关注环境与人的关系，该剧正是他献给观众的现代新神话。3月，为纪念富良野塾成立十周年，该剧以特别公演的形式在富良野塾排练场演出9场。

舞台剧《沉睡的山谷》：9月至11月，在北海道、濑户内公演40场。

● 1994年59岁

舞台剧《森林精灵》：2月至3月，全国公演31场。9月，札幌公演20场。

著作《上流的思想·下流的思想 仓本聪·对谈纪行》（理论社），与知识分子关于环境保护的对谈集。

● 1995年60年

电视剧《北国之恋：1995秘密》（6月9日，晚上8点4分至11点22分，富士电视台），导演：杉田成道，演员：田中邦卫、吉冈秀隆、中岛朋子、宫泽理惠。纯（吉冈饰）遇到了以前当过AV女演员的舞（宫泽饰）。尽管两人相互吸引，纯却痛苦于该如何面对那个悲伤的秘密。该剧开始采用高清摄影，播放画面也是 16∶9 的宽画幅。

舞台剧《森林精灵》：2 月，东京公演 20 场。8 月至 11 月，全国公演 57 场。

著作《北国之恋：1995 秘密》（理论社），剧本。

● **1996 年 61 岁**

荣获万宝龙国际艺术赞助大奖。

舞台剧《森林精灵》：2 月，东京公演 20 场。

● **1997 年 62 岁**

荣获欧米茄奖（国际奖）。

电视剧《小镇》（11 月 28 日，晚上 9 点 3 分至 11 点 12 分，富士电视台），原作：内海隆一郎《柠街的人们》，导演：杉田成道，演员：杉浦直树、大原丽子、倍赏千惠子、芦田伸介。在变化的时代里，居民们经营着遗留下来的老街道，该剧以人情故事的温暖氛围为基调，描绘了跟不上时代的老编剧心中的苦恼。荣获艺术祭电视剧部门大奖。

舞台剧《奔跑》首演。作品把一心追梦的富良野塾学生比喻为马拉松运动员，进行了一场跨越时空的马拉松，展现了由挑战与挫折编织而成的人生百态。3 月，富良野塾第十二期学生毕业公演15 场。

舞台剧《今日在悲别》《森林精灵》：9月，大阪公演，各4场；10月至11月，加拿大公演42场。

● 1998年63岁

舞台剧《奔跑》：3月，富良野塾第十三期学生毕业公演17场。

电视剧《北国之恋：1998时代》（前篇7月10日，晚上8点4分至10点52分；后篇7月11日，晚上8点4分至11点18分，富士电视台），导演：杉田成道，演员：田中邦卫、吉冈秀隆、中岛朋子、宫泽理惠。故事进行到萤的怀孕以及她与正吉（中泽佳仁饰）结婚。电视剧开播以来的重要角色——草太哥哥（岩城滉一饰）在本篇死于意外，于是纯和正吉一同接手了草太留下的牧场。

舞台剧《今日在悲别》：10月至11月，全国公演42场。

广播剧《来自塞班岛的列车》（10月11日，晚上7点30分至9点，日本放送），配音：中井贵一、西田光、铃木瑞穗。在仓本聪还是学生的时候，就被改编自栋田博原作的广播剧《来自塞班岛的列车》深深打动，这部改编版大约在四十年后播出，后面又衍生出舞台剧《归国》。

著作《北国之恋：1998时代》（理论社），剧本。

著作《终点的情景》（理论社），《财界》杂志连载的随笔散文合集，《富良野风话》系列第一册。

● 1999 年 64 岁

舞台剧《奔跑》：3 月，富良野塾第十四期学生毕业公演 15 场。

电视剧《别喊了，大海！》（2 月 23 日，晚上 9 点 3 分至 10 点 54 分，札幌电视台），导演：林健嗣，演员：大泽隆夫、岸谷五朗、西田光。想成为画家的孝次（大泽隆夫饰）得知高中时代的冤家好友——人称"大好人"的阿伸（岸谷饰）在一次出海捕鱼后再也没有回来。这部青春群像剧描绘了生活在都市与小地方的各种各样的年轻人。

电视剧《玩具之神》（11 月 11 日至 25 日，每周六晚上 9 点至 10 点 30 分，NHK BS2 台，无线电视的首播时间为 2000 年 2 月 19 日至 3 月 4 日，每周六晚上 9 点至 10 点 30 分，全 3 集），导演：石桥冠，演员：馆博、中井贵一、永作博美、片濑梨乃、小林佳树、根津甚八。畅销作家二谷（馆博饰）遇到了创作瓶颈，他对冒充自己的诈骗师（中井饰）产生了奇妙的亲近感。仓本聪根据现实中的经历——执笔《红胡子》《胜海舟》时就发生过的诈骗事件，创作了这部电视剧。通过坂本长利饰演的老牌编剧，我们可以窥见仓本聪的创作状态。

● 2000 年 65 岁

荣获紫绶褒章。

由仓本聪担任创始人的"富良野戏剧工厂"完工。

舞台剧《沉睡的山谷 2000》：3 月，富良野塾第十五期学生毕业公演 16 场。

舞台剧《富良野塾涂鸦》：10 月 20、21 日公演 2 场。为纪念富良野戏剧工厂的落成，特意编排了富良野塾舞台剧经典场面串烧。

舞台剧《奔跑》：富良野戏剧工厂的首次公演，11 月演出 14 场。

舞台剧《今日在悲别》：12 月，富良野戏剧工厂公演 4 场。值得一提的是 12 月 31 日的特别公演，为了让故事结尾的"岁末钟声"在现实中响起，演出特意从晚上 10 点半开始，成了一场史上最特别的跨年公演。

著作《玩具之神》（理论社），剧本。

著作《富良野风话》（理论社），《富良野风话》系列第二册。

● 2001 年 66 岁

舞台剧《今日在悲别》：1 月，排练楼公演 8 场。1 月至 2 月，全国公演 27 场。

舞台剧《屋顶》首演：这部"大河剧"描写了一对夫妻搬进富良野的山里开荒垦田，其间经历了大正、昭和、平成时代。摄影棚公演 1 场。

舞台剧《寻找温蒂妮》首演。故事发生在让·季洛杜的戏剧《温蒂妮》的选角现场。曾经是培训学校同学的两名女演员，如今因争夺喜爱的水妖角色重逢——剧情由此展开。10 月，作为富良野戏剧工厂的实验舞台剧，由工作人员和普通参与者一同表演，共演出 5 场。

舞台剧《屋顶》：12 月，富良野戏剧工厂公演 7 场。

● **2002 年 67 岁**

荣获北海道地域文化选奖（富良野塾）。

荣获北海道新闻文化特别奖。

舞台剧《屋顶》：1 月，大阪公演 15 场。

舞台剧《地球发光吧！》首演。圣诞节那天，外星人突然造访深山里的工棚，该剧描写了人类与外星人、未知事物的相遇。外星人一直在寻找无污染的"水"。然而地球上已经只剩下污水了，除了从某一个地方涌出来的水——这是一部传递了环保理念的作品。3 月，毕业公演 1 场。

电视剧《北国之恋：记忆》（前篇为初恋篇，8 月 23 日；后篇为归乡篇、时代篇，8 月 30 日，晚上 9 点至 10 点 52 分，富士电视台）。这是《北国之恋》的汇总篇，旁白由饰演纯的吉冈秀隆重新录制。

电视剧《北国之恋：2002 遗言》（前篇 9 月 6 日，晚上 9 点 4 分至 11 点 37 分；后篇 9 月 7 日，晚上 8 点 3 分至 11 点 9 分，富士电视台），导演：杉田成道，演员：田中邦卫、吉冈秀隆、中岛朋子、宫泽理惠、内田有纪、唐十郎。这是《北国之恋》整个系列的最后一部。牧场生意失败后，纯与正吉外出打工，一直没有回来。纯在知床的罗臼爱上了有夫之妇阿结（内田有纪饰），即使被对方的丈夫（岸谷五朗饰）狠狠揍了一顿，他的心意也坚定不移。而五郎感觉身体不适，开始写起了给家人的遗书。该剧荣获向田邦子奖。《北国之恋》系列剧集荣获菊池宽奖。

舞台剧《地球发光吧！》：10 月，富良野戏剧工厂实验舞台上演 5 场。

著作《精灵之森 献给悠久的事物》（集英社），仓本聪的第一部童话作品。插图：黑田征太郎。

著作《北国之恋：2002 遗言》（理论社），剧本。

著作《校订版·北国之恋》（理论社），囊括《北国之恋》的全部剧本，为"传家宝"级的剧本合辑。

著作《愚者之旅 我在电视剧中流浪》（理论社），仓本聪回顾编剧生涯的自传。

● **2003 年 68 岁**

成为富良野市荣誉市民。

舞台剧《屋顶》：1月至3月，全国公演53场。

舞台剧《地球发光吧！》：11月至12月，全国公演23场。

电视剧《川流入海　6个爱的物语》（12月20日，下午5点至晚上11点30分，NHK BS高清台，全6集一次性播出），三名编剧以接力的形式创作剧本，由一只从河流漂向大海的浮球串起故事。野泽尚负责第1、5集，三谷幸喜负责第2、4集，仓本聪负责第3、6集（大结局）。这部在NHK无线电视上首播的仓本聪作品（第3集12月23日，第6集12月26日，晚上9点至9点58分），正是为了纪念NHK电视放送成立五十周年而策划的电视剧。第3、6集的导演为黛林太郎。第3集的演员有小泉今日子、柳叶敏郎、椎名桔平。第6集的演员有浅丘琉璃子、森本玲夫、井川比佐志、小泽昭一。

著作《这个国度的相册　富良野风话》（理论社），《富良野风话》系列第三册。

● **2004年 69 岁**

舞台剧《沉睡的山谷2004》：2月，为纪念富良野塾成立二十周年，在富良野戏剧工厂公演6场。

电视剧《啊！离婚典礼》（4月30日，晚上9点至10点52分，富士电视台），导演：田岛大辅，演员：岩下志麻、馆博、柳叶敏郎、岸本加世子。盛大的婚礼已过去二十二年，一直以模范夫妻形象示人的明星夫妇背地里其实……"既然要分开，就得办离婚典礼向众人道歉。"在介绍人的要求下，两人开始了准备工作……

著作《北方的动物园》（扶桑社，后改为扶桑文库），随笔集。

● 2005 年 70 岁

荣获北海道功劳奖。

电视剧《温柔时刻》（1 月 13 日至 3 月 24 日，晚上 10 点至 10 点 54 分，富士电视台，全 11 集），导演：田岛大辅、宫本理江子，演员：寺尾聪、大竹忍、二宫和也、长泽雅美。勇吉（寺尾聪饰）无法原谅儿子（二宫和也饰）害妻子（大竹忍饰）死于车祸，他在妻子的故乡富良野开了家咖啡店"森林时钟"——而这曾经是妻子的梦想。故事描写了造访于此的种种"相遇"与"交往"，以及亲子关系裂痕的愈合。富良野塾出身的编剧参与了该剧（第 5、6、7、9 集）的创作，毕业于富良野塾的演员也扮演了常客等角色。

舞台剧《森林精灵》：3 月，作为富良野塾第二十期学生的毕业公演，在富良野戏剧工厂演出 3 场。

电视剧《祇园歌女》（9 月 24 日，晚上 9 点至 11

点 21 分，朝日电视台），导演：若松节朗，演员：
渡哲也、十朱幸代、馆博、神田正辉、藤原纪香。
以前是祇园艺伎的佳美忍（十朱幸代饰）看到了
她以为早已自杀的心上人，再次燃起了心中藏匿
已久的爱意。故事以古都京都为舞台，提出了
"什么是故乡""什么是日本人"的疑问。

舞台剧《地球发光吧!》：11 月至 12 月，全国公
演 46 场。

著作《温柔时刻》（理论社），剧本。

● 2006 年 71 岁

**主持以保护环境为目标的非营利组织"富良野自
然塾"**（2005 年试运营）。

舞台剧《奔跑》：3 月，作为富良野塾第二十一期
学生的毕业公演，在富良野戏剧工厂演出 2 场。

舞台剧《地球发光吧!》：6 月，富良野戏剧工厂
长期公演 32 场（此后，固定举行春秋季的长期
公演）。

著作《失去的森严　富良野风话》（理论社）。

著作《敬启，父亲大人》（理论社）。

● 2007 年 72 岁

电视剧《敬启，父亲大人》（1 月 11 日至 3 月 22
日，晚上 10 点至 10 点 54 分，富士电视台，全

11 集），导演：宫本理江子等，演员：二宫和也、
梅宫辰夫、八千草薰、黑木美沙。故事发生在保
留着江户余韵的神乐坂，这里有家老牌料理店
"坂下"，厨师学徒一平（二宫和也饰）感受着不
断变化的江户风情和不变的江户人情。

舞台剧《沉睡的山谷》：1 月至 2 月，富良野戏剧
工厂长期公演 33 场。

舞台剧《森林精灵》：6 月，北海道公演 5 场。6
月至 7 月，富良野戏剧工厂长期公演 33 场。从
这次公演开始，"富良野塾公演"更名为"富良野
GROUP 公演"。

● 2008 年 73 岁

舞台剧《今日在悲别》：1 月至 2 月，富良野戏剧
工厂长期公演 33 场。2 月，北海道公演 5 场。一
直以来，《今日在悲别》演出时都会把故事发生时
间改到"今日"，比如煤矿镇封山三年、五年、七
年、十年后的"今日"，为了让故事受众更广，这
一版本把时间固定在了千禧年的 12 月 31 日。

舞台剧《森林精灵》：6 月，北海道、东北地区公
演 4 场。6 月至 7 月，富良野戏剧工厂长期公演
34 场。剧中的核心人物关系，从原来的父亲与女
儿变为祖父与孙女，这样更能让人感觉到羁绊的
"传承"。

电视剧《风之庭院》（10 月 9 日至 12 月 18 日，晚上 10 点至 10 点 54 分，富士电视台，全 11 集），导演：宫本理江子，演员：中井贵一、绪形拳、黑木美沙、神木隆之介。故事发生在富良野一座被森林环绕的"风之庭院"，展现了"活着与死亡"。专为拍摄电视剧建造的花园现今也向普通民众开放。演唱主题曲《夜曲》的平原绫香亦以演员身份参演了该剧。

著作《风之庭院》（理论社），剧本。

著作《风之庭院 贞三老师的 365 篇花语》（FG 武藏），收录了《风之庭院》里花朵的"花语"，据说是仓本聪一边夜酌美酒一边想出来的。

● **2009 年 74 岁**

舞台剧《屋顶》：1 月至 2 月，富良野戏剧工厂长期公演 34 场。2 月，北海道公演 5 场。

舞台剧《归国》首演。战争过去六十多年后，英灵们在深夜回到了东京。在天亮前的这段短暂时间里，他们看到了故乡与人心的变化。6 月至 7 月，富良野戏剧工厂长期公演 24 场。

广播剧《雪老人》（12 月 12 日，晚上 10 点至 10 点 50 分，NHK 广播"FM Theater"），编剧、导演：仓本聪，配音：富良野 GROUP。后来衍生出舞台剧《寒冬》。NHK 无线电视还播出了它的幕后制作节目。

著作《愧疚的沉默》(理论社),《富良野风话》第
五册。

● **2010 年 75 岁**

**开设二十六年、培养了二十五期学生的富良野
塾关闭。**以戏剧公演为主的创作团体"富良野
GROUP"正式起航。

在春日叙勋上荣获旭日小绶章。

舞台剧《沉睡的山谷》: 1 月至 3 月,为纪念富良
野塾的落幕,于富良野戏剧工厂举办长期公演 28
场,全国公演 31 场。

舞台剧《归国》: 6 月至 7 月,富良野戏剧工厂长
期公演 32 场,7 月至 8 月,全国公演 21 场。主题
曲:长渊刚《请转达爱》(会场销售限定版 CD)。

电视剧《归国》(8 月 14 日,晚上 9 点至 11 点
24 分,东京广播公司),导演:鸭下信一,演员:
北野武、长渊刚、小栗旬、石坂浩二、八千草薰。
同名舞台剧演员阵容豪华的电视剧版。

舞台剧《寻找温蒂妮》: 10 月,富良野公演 4 场,
大阪公演 4 场,东京公演 3 场。剧中竞演水妖温
蒂妮的两名女演员,由"茉奈佳奈"姐妹花三仓
茉奈、三仓佳奈饰演。

著作《归国》(日本经济新闻出版社),虽与播出

的电视剧配套出版，内容却与舞台剧版相同。仓本聪还为登场人物附上了完整的"履历"。

著作《愚者的质问：富良野自然塾仓本聪对谈集》（合著：林原博光，日本经济新闻出版社），富良野自然塾刊物《季刊·富良野自然塾　人间仙境》上的谈话栏目"愚者的质问"文章合集。

● 2011 年 76 岁

舞台剧《寒冬》首演。原剧名"Мороз"在俄语中是"雪老人"的意思。因为疑似出现禽流感，大量的天鹅遭到了捕杀，故事表达了对天鹅之乡的怀念。1 月至 2 月，富良野戏剧工厂长期公演19 场。

舞台剧《归国》：6 月至 7 月，富良野戏剧工厂长期公演 18 场。7 月至 8 月，全国公演 19 场。

著作《独白　2011 年 3 月〈北国之恋〉的笔记》。仓本聪曾为富良野塾毕业的编剧开设特别课堂❶，该书总结了课上讲述的电视剧《北国之恋》的创作历程。通过授课时发生的"日本大地震"，重新审视《北国之恋》中"贫幸""浪费"的概念，以及家庭与地方社会的"羁绊"精神。

---

❶ 授课时间为 2011 年 2 月底至 4 月初，而 3 月 11 日那天发生了"日本大地震"。——译者注

● **2012 年 77 岁**

　　电视剧《学》（1 月 1 日，晚上 8 点至 10 点，
WOWOW 成立二十周年纪念节目），导演：雨宫
望，演员：仲代达矢、高杉真宙、八千草薰。以
加拿大为舞台，一部探讨生死问题的佳作。

　　舞台剧《寒冬》：1 月，富良野戏剧工厂长期公演
18 场。

　　舞台剧《明日在悲别》首演。《悲别》系列剧作，
内容涉及福岛的核泄漏事故。煤矿镇"悲别"就
是因为能源问题而被遗弃，剧作由此思考福岛的
悲剧。6 月至 7 月，富良野戏剧工厂长期公演 25
场，歌志内公演 1 场，东北灾区公演 14 场。

● **2013 年 78 岁**

　　舞台剧《明日在悲别》：1 月至 3 月，富良野戏剧
工厂长期公演 16 场，全国公演 24 场。

　　实验舞台剧《夜曲》：7 月，富良野戏剧工厂公演
4 场。

　　广播剧《山雾缭绕的深夜》（8 月 14 日，晚上 8
点至 9 点 40 分，东京 FM），仓本聪改编、导演
的北条秀司原作同名广播剧。由富良野 GROUP
负责配音。除了广播剧本身，播出时还介绍了幕
后制作过程。

著作《问人》（双叶社），《人间仙境》上连载的随
笔集。主要讨论核泄漏事故与处理措施。

著作《听听写写　仓本聪的戏剧人生》（北海道新
闻社编），北海道报纸的记者通过长达一年半的采
访取材，编撰了这本仓本聪的戏剧人生记录。

● **2014 年 79 岁**

舞台剧《寒冬》：1 月至 3 月，富良野戏剧工厂长
期公演 18 场，全国公演 19 场。

电视剧《父亲的背影》第三集《残雪》（7 月 27
日，晚上 9 点至 9 点 54 分，东京广播公司），导
演：石桥冠，演员：西田敏行、由纪香织、小林
稔侍、广濑铃。改为播放连续剧的"周日剧场"
又恢复了播出一小时单元剧的传统。仓本聪负责
了单元剧《父亲的背影》其中一集的编剧。故事
围绕公司社长小泉金次郎（西田饰）和妻子间的
回忆之歌《残雪》展开。

著作《愚者的提问》（合著：林原博光，双叶社），
《愚者的质问》系列第二部。

● **2015 年 80 岁**

舞台剧《夜曲》首演。这是 2013 年同名实验舞台
剧的正式版，对内容做了进一步深化。主角为核
电站的工作人员，既是一位在海啸中失去爱女的

受害者，同时也要背负起核泄漏事故的责任，故事展现了这一群体的悲哀。1月至3月，富良野戏剧工厂公演 11 场，全国公演 32 场。

著作《富良野风话　身为日本人》（财界研究所），《富良野风话》系列更换出版社后的续篇。

著作《来自昭和的遗言》（双叶社），《人间仙境》上连载的随笔结集第二册。

● **2016 年 81 岁**

舞台剧《屋顶》——

截至 2016 年

年表作者：松木直俊 / 富良野 GROUP

谢鹰　译